プルーと満月《まんげつ》のむこう

たからしげる・作　高山ケンタ・絵

もくじ

1

落《お》ちてきた声

ぐーるる。

声が落《お》ちてきた。

学校からの帰り道、高島裕太《たかしまゆうた》にとっては、どこかなつかしいひびきのする声だった。

「そんじゃ、あとでな」

いっしょに歩いてきた津村一騎《つむらかずき》が手をふっている。日暮坂《ひぐれざか》小学校四年二組のクラスメートで、いちばんのなかよしだ。

ぐーるる、ってなんだっけ？　裕太《ゆうた》はその意味《いみ》を考える。久《ひさ》しぶりに耳にしたからだ。ひたいにしわを寄《よ》せる。気をつけろ、じゃなかったな。静《しず》かにしろ、でもないし。

みあげると、民家《みんか》の屋根《やね》にスズメが一羽とまっていた。声の主《ぬし》はこいつかよ。思ったとたん、ちゅん、と鳴いて飛《と》び上がった。そのまま、屋根《やね》のむこうに姿《すがた》を消《け》す。

「おい裕太《ゆうた》、あとでな！」

少しはなれたところで、一騎《かずき》がさけぶ。

裕太《ゆうた》は、はっとしてふり返《かえ》る。

「ぼーっとするなって、授業中《じゅぎょう》じゃないんだから。おっとちがうか。とにかく四時にウズラ公園だぞ、いいな」

「あ、わかった」

あわてて声を返《かえ》し、手をふる。一騎《かずき》といっしょだったことを、すっかりわすれていた。

「じゃあな」

「うん」

一騎《かずき》はランドセルの背中《せなか》をみせると、半分かけ足でいってしまった。いつもはきはきしていて、いいたいことを右から左に口にだせる性格《せいかく》がうらやましい。

気をとりなおした裕太《ゆうた》は、ぼうしのつばに手をかける。自分の家があるダイヤモンドマンションの敷地《しきち》にむかって、歩き始《はじ》める。あと、三百メートルはある。歩きながら、あたりに目をくばる。耳をすます。きこえるのは、自分のランドセルがかたかた鳴る音。運動靴《うんどうぐつ》が小石をける音。遠くのほうからやってくる電車の音。踏切《ふみきり》が、かんかん鳴りだした。犬のほえる声。風のささやき……。

裕太《ゆうた》は思いをめぐらせる。

ずっと小さかったころだ。まだ幼稚園《ようちえん》にもいっていなかった。よく声をきいた。声はなぜか、いつも近くにやってくる小鳥のさえずりのなかにあった。たとえばスズメ。あるいはハトやカラス、ツバメやヒバリやウグイスの場合もあった。他人《たにん》の家に飼《か》われているかごのカナリヤが、さえずっているときに、いきなりその声をだすこともあった。声は低《ひく》くて深《ふか》いひびきをもっているから、さえずりのなかにまぎれていてもすぐにわかる。

裕太《ゆうた》にしか意味《いみ》が理解《りかい》できないそれらの声は、しかしたよりになった。ときには、転《ころ》ばぬ先のつえになった。あたりで起《お》きていることや、これから起《お》きるだろうことを、あらかじめ教えてくれた。あるいは、なにかこまったときや迷《まよ》ったとき、どうするべきかを、そっとささやきかけてもくれた。

幼稚園《ようちえん》に入って、友だちが少しずつできた。声はまだきこえていたが、四六《しろく》時中《じちゅう》ではなくなった。小学生になってからは、きこえる度合《どあ》いが日に日に減《へ》ってきた。

ふり返《かえ》ってみると、裕太《ゆうた》が大きくなって、いろいろな言葉《ことば》をおぼえて、たくさんの相手《あいて》と話をするようになるにつれて、声はどんどんきこえなくなっていった。いつのまにかそれは、ただの意味《いみ》のない鳴き声やさえずりそのものになってしまった。

ここ数年は、久《ひさ》しく声をきいていない。なぜきこえないのだろうと、気にすることさえわすれていた。だからいま、スズメのさえずりのなかからじつに久《ひさ》しぶりにきこえた声は、おさなかったころの日々に帰ったように、裕太《ゆうた》の胸《むね》をなつかしさでいっぱいにした。

もちろん、こんなへんな、自分でも説明《せつめい》のつかない体験《たいけん》は、これまでだれにも打《う》ち明けたことがない。もともと口べただし。いいたいことをいおうとする前に、まずは考えてしまう。うまくいおうとすればするほど、考えが長くなる。そのうち、口にだすタイミングが消《き》えてしまう。たいていそうだ。

後ろのほうから車が走ってきた。ガードレールでへだてられた車道をとおり過《す》ぎていく。軽自動車《けいじどうしゃ》の黄色いナンバーの四つの数字「1700」が、たちまち小さくなって、視界《しかい》から遠ざかっていく。

え？「1700」だったら、お母さんの車じゃなかったっけ。とっくに家に帰っていると思っていたのに。このごろ少しずつ、帰りの時間がおそくなってきているみたいだ。

少し先までいった車が、いきなり道路《どうろ》の左側《がわ》に車体《しゃたい》を寄《よ》せてとまった。停車《ていしゃ》中を知らせるハザードランプが点滅《てんめつ》を始《はじ》める。

お母さんが気がついてくれたんだ。裕太《ゆうた》は手を大きくふってかけだす。やっぱりお母さんだ、ぼくのことをみのがすはずがない。とたんに思いだした。

「ぐーるる」は〈（なにかが近づいて）くるよ〉という意味《いみ》だった。

お母さんが〈くるよ〉だったのか。

車にたどりついた裕太《ゆうた》は、顔を寄《よ》せて助手席《じょしゅせき》の窓《まど》からのぞきこむ。

「裕太《ゆうた》でまちがいなかったか。さ、乗《の》って」

運転席《うんてんせき》のお母さんが半身《はんみ》を乗《の》りだして、うれしそうにいう。腕《うで》をのばして、ドアロックを外してくれる。

「うん」

裕太《ゆうた》はドアをあけて、助手席《じょしゅせき》に身《み》をすべりこませる。ドアを引いてしめる。

「どこかでみた背中《せなか》が歩いてると思ったんだけど。追《お》いこしたときは人ちがいかと思うくらい、ぼーっとした顔してたわよ」

サイドミラーをのぞく。ハザードランプを消《け》して、ウインカーを右にともす。

「ちょっとね」

考えごとをしていただけだ。ぼーっとした顔だなんて、お母さんまで一騎《かずき》と同じことをいう。裕太《ゆうた》は少しむっとするが、お母さんにはぜんぜん伝《つた》わらない。まあいいか、お母さんにいわれるのなら、しかたがないかも。

「ちょっとどうしたのかな？　考えごとだったら、歩きながらするのはよくないわ。注意力散漫《ちゅういりょくさんまん》は事故《じこ》のもとよ」

軽《けい》トラックを一台やり過《す》ごしてから、ゆっくりとスタートする。

「こっちは仕事《しごと》のあと、店長さんに引きとめられて、またおそくなっちゃった」

裕太《ゆうた》はまゆをひそめる。また、店長さんに引きとめられたんだ。ここのところ、お母さんの帰りがおそくなるのは、たいてい店長さんのせいだ。仕事《しごと》が終《お》わったのに、店長さんはどうしてお母さんを引きとめるんだろう。

お母さんと店長さんとのあいだには、裕太《ゆうた》の知らない新しいなにかが始《はじ》まっている感《かん》じがする。でも、それがなにかはわからない。

お姉ちゃんはもう帰ってきているかな？

「お姉ちゃん、もう帰ってきてるかもね。きょうは早いっていってたから」

きかなくても、むこうから教えてくれた。さすがはお母さんだ。裕太《ゆうた》が思っていることを敏感《びんかん》に察知《さっち》してくれる。

車はたちまち、マンションの敷地《しきち》内に進入《しんにゅう》していく。舗装《ほそう》した面《めん》を白線で仕《し》切《き》っただけの、だだっ広い青空駐車場《ちゅうしゃじょう》の、所定《しょてい》のスペースにバックでとめる。

「はい、到着《とうちゃく》」

車からおりて、二人はならんで歩きだす。地上八階《かい》建《だ》ての集合棟《しゅうごうとう》のエントランスホールが近づいてくる。

裕太《ゆうた》はいう。とりあえず、いっておかなければいけないことだから。

「あとで一騎《かずき》とでかけてくる」

「あら、どこいくの？」

「七光小鳥店《なないかりことりてん》」

駅前《えきまえ》に古くからある、小さな小鳥店だ。

「まあ、どうして？」

「ちょっとね」さそわれたんだ。

「ふーん、またちょっと？　一騎《かずき》くんのおうち、小鳥を飼《か》うのかな」

裕太《ゆうた》はだまっている。一騎《かずき》が小鳥を飼《か》いたいと思っているのはたしかだ。でも、家の人が許《ゆる》してくれるかどうかはわからない。

エントランスホールに入ると、エレベーターはちょうど一階《かい》にとまっていた。

「小鳥ねえ」

エレベーターに乗《の》りこみながら、お母さんがいう。裕太《ゆうた》はうなずく。心のなかで言葉《ことば》をならべる。きょう国語の時間に、先生が小鳥の詩《し》を朗読《ろうどく》してくれたんだ。とてもいい詩《し》だった。それをあいつ、すごく気に入っちゃって、もう小鳥に会わずにはいられないって。

話そうかと思ったら、お母さんがいった。

「小鳥ってかわいいわよね」

お母さんも小鳥、好《す》きなんだ。そういえば昔《むかし》、お父さんは小鳥を飼《か》っていたんだっけ。

エレベーターが上昇《じょうしょう》を始《はじ》める。

「昔《むかし》はうちも小鳥を飼《か》っていたのよ」

「知ってる」

裕太《ゆうた》が生まれる前のことだ。

「あなたのお父さんが手塩《てしお》にかけて育《そだ》てたセキセイインコ」

名前はたしか、プルーだった。

「プルーっていう名前だったの。前にも話したかしら？」

裕太《ゆうた》はうなずく。その話なら、有紀《ゆき》お姉ちゃんからもきいたことがあった。

「お姉ちゃんが生まれた年だったわ。お父さんが会社の帰りに、いきなりその気になって買ってきたの。とてもきれいな小鳥だった。頭が白くて体が青くて、よく鳴くの」

名前は、英語《えいご》のプリティー（かわいい）とブルー（青い）をかけあわせていた。裕太《ゆうた》のお父さんがつけたのだった。

エレベーターが、自宅《じたく》のある六階《かい》につく。ドアが左右にひらく。

裕太《ゆうた》は思う。ブルーは、どうなったんだっけ？　年をとって死《し》んだのかもしれない。

共用《きょうよう》ろうかの手すりのむこうに横《よこ》たわる午後の住宅街《じゅうたくがい》をみおろしながら、お母さんは遠い記憶《きおく》の糸をたぐり寄《よ》せる。まだお父さんが生きていて、裕太《ゆうた》は生まれていなかった。

「最後《さいご》はにげていっちゃった。家のなかで放《はな》しているとき、郵便屋《ゆうびんや》さんが速達《そくたつ》をとどけにきたの。ドアをあけたとたんだった」

ああ、そうだった。裕太《ゆうた》は思いだした。プルーは死《し》んだのではなく、にげたのだった。

「お父さん、がっかりしていたわ。あんなに大事《だいじ》にかわいがってきたのに、親の心子知らずだとかいって。それに、あの日はお父さんとお母さんの結婚記念《けっこんきねん》日《び》だったの。六月十五日よ。今年も、もうすぐくるけれど」

お母さんはほんのひととき、思いにしずんだ顔をしてみせる。それから裕太《ゆうた》の、少し不安《ふあん》そうな視線《しせん》を感《かん》じとって、にこりとする。

「そのあとすぐ、あなたがお母さんのおなかに宿《やど》っていることがわかったの。プルーはにげちゃったけど、わが子がもうひとり増《ふ》えそうだってことがはっきりして、お父さんもすっかりきげんをなおしてくれたわ」

お父さんがいまも生きていてくれてたらよかったのにね。お母さんは言葉《ことば》にはださないけれど、その目がいつもいっている。

そしたらきっと、お母さんは毎日、働《はたら》きにでかけなくてもよかったかもしれない。日曜日は、お父さんとキャッチボールができたかもしれない。男どうしで、いいたいことをいいあえたかもしれない。

二人は自宅《じたく》の前についた。お母さんがカギをとりだして、ドアをあける。玄《げん》関《かん》のたたきに、有紀《ゆき》の運動靴《うんどうぐつ》がぬいであった。

「お帰りなさーい」

ろうかのむこうから、声が転《ころ》がってくる。

「ただいまー」

お母さんが声を投《な》げる。

「わあ、いっしょだったか」

ろうかに姿《すがた》をあらわした有紀《ゆき》が、いう。

「お母さん、おそかったじゃない」

車で十五分ほどの場所《ばしょ》にあるレストランでパートタイムをしているお母さんの勤務《きんむ》時間は、毎日朝の九時から午後の三時までだ。いつもなら、だいたい三時二十分前後には帰宅《きたく》している。夕食が終《お》わってからは部屋《へや》にこもって、こんどは夜おそくまで、出版《しゅっぱん》関係《かんけい》の内職《ないしょく》をこなしている。

玄関《げんかん》のかべにかけてある時計の針《はり》は、まもなく三時四十五分になるところだった。

「仕事《しごと》が終《お》わってから、店長さんに引きとめられちゃったのよ」

お母さんは、さっき裕太《ゆうた》にきかせたのと同じ説明《せつめい》をくり返《かえ》した。

「べつにいいけどさ」

答える有紀《ゆき》だが、あまりよさそうな顔はしていない。ここのところ、仕事《しごと》が終《お》わってから店長さんに引きとめられて帰りがおそくなるのが、ややひんぱんになってきているからだ。

店長さんがお母さんを引きとめる理由《りゆう》を、今年中学生になったばかりの有紀《ゆき》は、うすうす知っている。店長さんは、お母さんのことが、もしかしたら好《す》きになってしまったのかもしれない。問題《もんだい》は、それに対《たい》するお母さんの気持《きも》ちだった。

でも、いまはまだ、それを問《と》いただす時期《じき》ではないことを心得《こころえ》ている有紀《ゆき》は、お母さんのために台所《だいどころ》でお茶を入れてやる。

「はい、おつかれさまでした」

「まあ、ありがとう」

裕太《ゆうた》はランドセルとぼうしを自分の部屋《へや》にほうりおくと、またろうかにでてきた。一騎《かずき》と待《ま》ちあわせたウズラ公園までは、七、八分でつく。

まだ少し時間があった。台所《だいどころ》にいって、冷蔵庫《れいぞうこ》のドアをあける。牛乳《ぎゅうにゅう》の紙パックをとりだして、四分の一くらい残《のこ》っていた中身《なかみ》を一気に飲《の》みほす。よく冷《ひ》えていておいしい。

「やだあ裕太《ゆうた》、パックを口飲《くちの》みしないでよ」

有紀《ゆき》が目のはしでとらえて、注意《ちゅうい》する。

だって、もうあまり残《のこ》っていなかった。くちびるのまわりを白くした裕太《ゆうた》は、紙パックを空中でふってみせる。

「口飲《くちの》みはぎょうぎが悪《わる》いでしょ」

そういうことか。裕太《ゆうた》はすっかり空《から》になった紙パックを、左右から両手《りょうて》のひらでおしつけて、ぺしゃんこにする。ごみ箱《ばこ》の上から、ぽとん、と落《お》とし入れる。よくわからないけれど、どこか気分がいい。

居間《いま》でみていたお母さんが、肩《かた》をふるわせて「お父さんそっくり」とささやく。お父さんが生きていたら、なんていっただろう?

裕太《ゆうた》も居間《いま》へいって、ソファに体をあずけた。顔を上げると、窓《まど》ぎわのカーテンのそばのかべに、額縁《がくぶち》入りの写真《しゃしん》がかかっている。なかにおさまっている人物《じんぶつ》と目があった。

お父さんだ。章一《しょういち》といっても、どこか別《べつ》の町に住《す》んでいる別《べつ》の人間の名前にきこえる。裕太《ゆうた》がこの世《よ》に生《せい》を受《う》ける一か月前に、あの世《よ》へいってしまった。物心《ものごころ》ついた日からずっとみているけれど、いつも同じ服装《ふくそう》をしていて、同じ笑《え》顔《がお》を絶《た》やさない。

お父さん、と心のなかでよんだところで実感《じっかん》がわかない。むりもない。裕太《ゆうた》は、生きているお父さんとは一度《ど》も話をするどころか、会ったことさえないのだから。

おさないころ、裕太《ゆうた》がいつもきかされていたのは、お父さんの声ではなかった。小鳥たちのさえずりのなかにひそんでいる、正体不明《しょうたいふめい》のふしぎな声だった。

その声を耳にするたびに裕太《ゆうた》は、なぜか心があたたかくなって、大きな存在《そんざい》に
そっと背中《せなか》をなでられているような安《やす》らぎに満《み》たされるのだった。

約束《やくそく》の時間がせまってきた。

「じゃあ、いってくる」

「おそくならないようにね」

「うん」

「裕太《ゆうた》はどこいくの？」

有紀《ゆき》がお母さんにきいている。

「駅前《えきまえ》の小鳥屋《や》さんだって。七光《ななひかり》小鳥店よ。一騎《かずき》くんといっしょだって」

「ふーん、だれが小鳥を買うの？」

ただ、みにいくだけなんだ。口にださずに答えて、裕太《ゆうた》はろうかを走った。

玄関《げんかん》のたたきでスニーカーをはいて、ドアをあける。

目の前の空に、滞空《たいくう》時間がじょじょに長くなってきた五月中旬《ちゅうじゅん》の太陽《たいよう》が、

きょうもまだ元気だぞとばかりにうかんでいる。

2

小鳥を買いに

一騎《かずき》はもう、先にきて待《ま》っていた。

「やあ」

「おう、裕太《ゆうた》」

ウズラ公園は、裕太《ゆうた》たちがかよう小学校のすぐ近くにある児童《じどう》公園だ。コの字型《がた》の緑《みどり》にかこまれて、いくつかの遊具《ゆうぐ》がある。

天気のよい金曜日の午後だった。園内にはほかにも多くの子どもたちが群《む》れていて、ジャングルジムにのぼったり、なわとびをしたり、サッカーのドリブル練習《れんしゅう》をしたりして遊《あそ》んでいる。ひとりベンチにすわって待《ま》っていた一騎《かずき》が、立ち上がって近づいてきた。

「なあ、きいてくれよ、すごいんだ」

にこにこしている。どうしたんだろう？

「父ちゃんがもう帰ってきててさ。小鳥のこと話したら、ほんとにまじめにめんどうみるなら、飼《か》ってもいいぞっていわれた」

「ほんと？」

「ほんとにほんとだ」

いいながら一騎《かずき》は、ポケットのなかから一万円札《さつ》をとりだして、ちらりとみせる。

「気に入ったのがみつかったら、かごや飼育用具《しいくようぐ》ごと買ってこいって」

「わあ」

すごいじゃない。裕太《ゆうた》は一騎《かずき》のよろこびを自分のよろこびとしてかみしめる。

これで、店にはふらりと小鳥をみにいくだけではなくなった。気に入った小鳥がいたら買って帰れる。もちろんそれは一騎《かずき》の小鳥だが、一騎《かずき》の小鳥なら裕《ゆう》太《た》の小鳥だといいかえても、大差《たいさ》はない気がする。たずねていく甲斐《かい》があるというものだ。

「そんじゃ、いくとするか」

「うん」

二人はウズラ公園をあとにすると、駅《えき》にむかってならんで歩き始《はじ》めた。

裕太《ゆうた》は思う。一騎《かずき》は、生まれて初《はじ》めて小鳥を飼《か》うのだろうか？　それにしても、国語の授業《じゅぎょう》で先生が朗読《ろうどく》してくれた小鳥の詩《し》がきっかけになって、あっというまに願《ねが》いを実現《じつげん》させてしまうなんて、その行動力《こうどうりょく》はすごい。ぼくにはなかなか、まねができないよ。

　すると、一騎《かずき》がいった。

「おれって、小鳥を飼《か》うの初《はじ》めてなんだ。父ちゃんは子どものころ、いやっていうほどたくさん飼《か》ったっていってるけどな。おまえはどうなんだ？」

「うん」

　裕太《ゆうた》はこれまでだれにも話していなかったことを、ぼそぼそと口にした。

「昔《むかし》、ぼくの家は、セキセイインコを飼《か》っていたんだって」

「セキセイインコかよ。おれがこれから買うかもしれない小鳥の最有力候補《さいゆうりょくこうほ》だ」

「そうなの」

「昔《むかし》って、いつごろだ？」

「ぼくが生まれるより前」

「へー、なんて名前だったんだ？」

「ブルー」

「ブルーかよ、かっこいい名前だな」

一騎《かずき》はうれしそうだ。

「だれが飼《か》ってたんだ？」

「お父さん」

「へーえ、おまえの父ちゃんも小鳥が好《す》きだったんだ。知らなかったな」

「うん」

毎日テシオにかけて育《そだ》てていたんだともいいたかったが、テシオの正確《せいかく》な意《い》味《み》がわからない。一騎《かずき》にはテシオの意味《いみ》がわかるだろうか？　裕太《ゆうた》は言葉《ことば》を飲《の》みこんだ。

一騎《かずき》がいう。

「でも、おまえの父ちゃん、死《し》んじゃったんだよな」

五月の風が、ほおをなでていく。

「うん」ぼくが生まれる一か月前に。

交通事故《じこ》だった。

「ついてないよな。で、そのプルーっていうセキセイインコはどうなったんだ？」

「にげたんだって。かごからだして、家のなかで飛《と》ばしてるときに」

「父ちゃんが死《し》んじゃったから？」

裕太《ゆうた》は首を横《よこ》にふる。

プルーがにげたのは、お父さんが死《し》ぬだいぶ前のことだ。

「にげたのは、ぼくがお母さんのおなかに宿《やど》ったころだって」

「宿《やど》ったのか」

「おなかにできたってこと」

「待《ま》てよ、赤ちゃんは母親のおなかに十か月ちょっと宿《やど》るんだったよな。ってことは、そのプルーがにげたのは、ざっと逆算《ぎゃくさん》すると、えーと、その、おまえがこの世《よ》におぎゃあっていって生まれてくる十か月くらい前のことになるのか？」

裕太《ゆうた》は計算してみる。お父さんがプルーをかわいがって、大事《だいじ》に育《そだ》てていたんだ。そのプルーがにげた。ぼくは、お母さんのおなかに宿《やど》ったばかりだった。お父さんが死《し》んだのは、それから九か月ほどたったころになる。ぼくが生まれる一か月前のできごとだから。九か月も十か月も、あまり変《か》わらないか。

「まあね」

だいたいあっていることにしておこう。

「了解《りょうかい》だ」

お父さんが生きていたら、どんなによろこんでくれたことかしら——裕太《ゆうた》が生まれてきた日のことを口にするとき、お母さんはいつもそういって、さみしそうに笑《わら》う。いますぐスーパーマーケットにいって新しいお父さんを買ってきてあげられたらいいのに、とでもいっているみたいな、せっぱつまったあやしい笑顔《えがお》にみえるときもある。

二人はこの町で由緒《ゆいしょ》ある、玉石神社《たまいしじんじゃ》の石塀《いしべい》につきあたって右折《うせつ》する。右手前方に、日暮坂《ひぐれざか》四丁目《ちょうめ》の交番《こうばん》がみえてきた。

一騎《かずき》がまた、口をひらく。

「セキセイインコは鳴き声がかわいいっていうよな。しこめば手乗《ての》りにもなるし。さっきいったけど、飼《か》うならセキセイインコかブンチョウにしようって思ってるんだ」

「ふーん」

小鳥を飼《か》うことに、裕太《ゆうた》はこれまであまり興味《きょうみ》や関心《かんしん》がなかった。小鳥は飼《か》うものではなく、自然《しぜん》のなかにあふれて、とけこんでいるものだとばかり思っていたからだ。そんなわけで、古くから駅前《えきまえ》にあるその小鳥店に足をむけたことは、一度《ど》もなかった。

「どっちにしても、大切なのは愛情《あいじょう》をもって育《そだ》てることだ。そうすりゃ、なついてくる。どっちにするかは、店にいってじっくり観察《かんさつ》して決《き》めるつもりだ。もちろん裕太《ゆうた》、おまえの意見《いけん》もしっかりききかせてもらうぞ」

一騎《かずき》の言葉《ことば》に、裕太《ゆうた》は笑《わら》ってうなずく。わかった。友だちに信頼《しんらい》されるというのは、気持《きも》ちのいいことだ。こちらも信頼《しんらい》を返《かえ》さなければいけない。一騎《かずき》が夢中《むちゅう》になって飼《か》えるような、とびっきりかわいくて、きれいな声で鳴く小鳥を選《えら》んであげよう。

ぐーるる。

そのとき声が落《お》ちてきた。さっき学校から帰ってきて、道ばたで一騎《かずき》に手をふろうとしたときにきこえたのとまったく同じ声だ。

裕太《ゆうた》は声の意味《いみ》を、こんどはすぐに理解《りかい》した。だれかが、あるいはなにかが〈くるよ〉という意味《いみ》だ。みあげると、電信柱《でんしんばしら》のてっぺんにカラスが一羽とまっていた。カラスは、かあ、と鳴いてすぐに飛《と》び立った。

裕太《ゆうた》は足をとめる。言葉《ことば》が自然《しぜん》に口からとびだしてきた。

「くるよ」

「は？　くるって、なにが」

まだわからないけど。

「くる」

「なにいってんだ、おまえ」

そのとき、T字路《ティーじろ》になっている前方左側《がわ》の曲《ま》がり角《かど》に、いきなり知っている

顔があらわれた。坂本真由《さかもとまゆ》だ。裕太《ゆうた》のクラス、四年二組の学級委員長《がっきゅういいんちょう》をしている。あまり親しく口をきいたことはないけれど、クラスでいちばん明るくかがやいている女の子だと、裕太《ゆうた》は思っている。

「こんにちは、高島《たかしま》くんと津村《つむら》くん」

裕太《ゆうた》たちの姿《すがた》をみとめた真由《まゆ》は、足をとめると、すました顔をして、半オクターブ高い声を上げた。裕太《ゆうた》は胸《むね》がどきどきしてきた。

「やあ」

「おう」

「二人なかよくどこいくの？」

「ちょっくら駅《えき》までお散歩《さんぽ》だ」

一騎《かずき》が答える。真由《まゆ》は二人の顔を交互《こうご》にみながら、あっさりと手をふって、いった。

「わたしは斉藤《さいとう》さんのおうちまで。いっしょに宿題《しゅくだい》するんだ。じゃあまたね」

「おう、またな」

いってしまった。

裕太《ゆうた》は胸《むね》がまだどきどきしている。真由《まゆ》のことはふだんから意識《いしき》していた。勉強《べんきょう》ができて、きれいでかわいくて、いつもはきはき発言《はつげん》する。すべてが自分とは反対《はんたい》だ。こんなところでとつぜん会うなんて、びっくりするしかない。あのどこかすましたような、クールな雰囲気《ふんいき》にひかれる。後《うし》ろ姿《すがた》をぼーっとした目でみおくっていると、肩《かた》をこづかれた。

「どうしてわかったんだ?」

「え?」

「坂本《さかもと》がくるってことだよ」

「あ、そう」

「あ、そうじゃないだろ。おまえさっき、くるっていったじゃないか」

「うん」そういったけど。

それは、ぐーるる、ときこえたからだ。カラスの鳴き声に、その意味《いみ》がふくまれていたのだった。

「どうして坂本《さかもと》がくるってわかったんだ？」

「いや」

裕太《ゆうた》は遠ざかっていく相手《あいて》の後《うし》ろ姿《すがた》から目を引きはがす。一騎《かずき》にむきなおる。

坂本《さかもと》がくるなんてわからなかった。

「ただ、だれかがくるんじゃないかと思っただけなんだけど」

「もっとはっきり説明《せつめい》しろよ。おまえはいつも言葉《ことば》が足りないんだから」

そのとおりだ。ぼくはいつも言葉《ことば》が足りない。ああいうべきかこういうべきか、最初《さいしょ》から迷《まよ》ってしまって、けっきょく言葉《ことば》がでてこない。でも、ほかの人にしっかりわかってもらうためには、いったいどう説明《せつめい》すればいいんだろう。

裕太《ゆうた》は一騎《かずき》とならんでふたたび歩き始《はじ》めながら、カラスが落《お》としていった声について考える。

「ときどきね、そんなのがきこえるときがあるんだ」

うまく説明《せつめい》するのはとても苦手《にがて》だ。つい、もごもごした声になってしまう。

すると、口べたがますます声にブレーキをかける。

「きこえるって、どこから？」

その顔は、おい待《ま》て、だいじょうぶかよ、といっているみたいだ。

「さっきあそこにカラスがいたでしょ」

裕太《ゆうた》は背後《はいご》の電信柱《でんしんばしら》をさす。そこにはもうカラスはいない。でも、さっきはいた。一騎《かずき》はかすかに思いだしたようだ。

「そういえばいたかも」

「あのカラスが、いったんだ」

「うそだろ。なんて？」

「なんていったんだよ」

ぐーるる、という声を、裕太《ゆうた》はうまく発音《はつおん》できない。肩《かた》をすくめてみせる。

「うーぶ、かな」

「はあ？　ばぶばぶ、うーぶかよ。どこの赤ちゃんの言葉《ことば》だ、それ」

一騎《かずき》はふたたび足をとめると、裕太《ゆうた》のひたいに右手のひらをあてる。

「おまえ、熱《ねつ》でもあるんじゃないのか」

「だいじょうぶ」

二人はしばらく、無言《むごん》で歩きつづける。裕太《ゆうた》は、ここにきていきなり落《お》ちてきた「声」の正体《しょうたい》について、思いをめぐらせつづける。

まもなく、線路《せんろ》をこえた駅《えき》の東口の小さな商店街《しょうてんがい》の一角にある七光《ななひかり》小鳥店の前についた。さっきからあごに指先《ゆびさき》をあててこりこりとかいていた一騎《かずき》が、不《ふ》意《い》にいう。

「もしかしたらそれって、宇宙人《うちゅうじん》の声かもしれないぞ」

「宇宙人《うちゅうじん》の声？」

「おう。宇宙人《うちゅうじん》がカラスにもぐりこんで、おまえにコンタクトとってるとか」

もちろん、それは一騎《かずき》の思いつきの軽《かる》いじょうだんだ。しかし、それで裕太《ゆうた》はひらめいた。小さいころから耳にしていたこのなつかしい声には、ふしぎなあたたかさと、大きななにかに背中《せなか》をそっとなでてもらっているような安心感《あんしんかん》がある。

その大きななにかって、もしかしたらあの世《よ》から自分のことをみまもってくれているお父さんなのかもしれない。その可能性《かのうせい》なら、ある。たのしみにしていた息子《むすこ》の誕生《たんじょう》まであと一か月というときに、思いもよらない交通事故《じこ》であの世《よ》にいってしまったのだ。心残《こころのこ》りの強さは、想像《そうぞう》を絶《ぜっ》しただろう。

「宇宙人《うちゅうじん》じゃ、だめか？」

一騎《かずき》はあいかわらずじょうだんのつづきを口にしている。しかし、裕太《ゆうた》にとって宇宙人《うちゅうじん》は、あの世《よ》にいるお父さんそのものに思えてきた。

「じゃあ、宇宙人《うちゅうじん》がもぐりこんできたんじゃなくて、カラスそのものがじつはカラスの国からやってきたカラス人間で、カラス語でおまえに話しかけてきたっていうのは？」

「うーん」よくわからない。

しかし、声をだすのはカラスだけではなかった。ほかの小鳥も同じだった。それによって裕太《ゆうた》は、宇宙人《うちゅうじん》やカラス人間ではない、お父さんの言葉《ことば》を受《う》けとることができた。

「じゃあどうして、声は人間の言葉《ことば》を話してくれないいんだろう……」

「言葉《ことば》、かよ」

一騎《かずき》はまた、指先《ゆびさき》をあごにもっていく。

声は、人間の言葉《ことば》そのままではなかった。いつもおかしな鳴き声としてきこえた。裕太《ゆうた》はたちまち思いだした。たとえば、きょうは久《ひさ》しぶりに二回もきいてしまった「ぐーるる〈くるよ〉」をはじめとして、「きっきー〈注意《ちゅうい》せよ〉」「きゅるる〈断《ことわ》れ〉」「ひゅるき〈落《お》ちつけ〉」「ちっち〈がんばれ〉」「ぴゅゆゆ〈もしもし〉」といったぐあいである。それぞれの声の意味《いみ》が、いちいち考えなくても自然《しぜん》に伝《つた》わってくるのは、とてもふしぎだった。

「そりゃそうさ」

一騎《かずき》が、当然《とうぜん》だという顔をしていう。

「それは裕太《ゆうた》、おまえと宇宙人《うちゅうじん》とのあいだの秘密《ひみつ》の暗号《あんごう》なんだ。ほかの人間にきかれてもわからないようにな」

やっぱり宇宙人《うちゅうじん》がいいらしい。

「そうか」

とたんに裕太《ゆうた》は納得《なっとく》した。たしかに一騎《かずき》のいうとおりだ。裕太《ゆうた》はこれまで考えてもみなかった「小鳥たちのさえずりのなかにまぎれこんでいる声」の正体《しょうたい》の新しい考え方に、目からうろこが落《お》ちた気分になった。

こんな単純《たんじゅん》なこと、どうしてもっと早く気がつかなかったのだろう。きっとそうだ。赤ちゃんだったときも、お父さんは人間の言葉《ことば》ではない、裕《ゆう》太《た》だけにしかわからない特別《とくべつ》の声で話しかけてきていたのだ。親と子の秘密《ひみつ》の暗号《あんごう》だ。裕太《ゆうた》は一騎《かずき》の言葉《ことば》から導《みちび》きだした仮説《かせつ》を信《しん》じることにした。

「特別《とくべつ》の声だね」

「ああ、特別《とくべつ》の声だ。宇宙人《うちゅうじん》だからな、どんな声でもだせるってわけだ」

一騎《かずき》は裕太《ゆうた》の背中《せなか》をばしん、とたたいた。

「そんじゃ、突入《とつにゅう》しようぜ」

裕太《ゆうた》にとっては初《はじ》めておとずれることになった七光《ななひかり》小鳥店のガラス戸をひらいて、二人は店内に足をふみ入れた。

小鳥たちの鳴き声が、いっせいに大きくなった。

3

その名もブルー

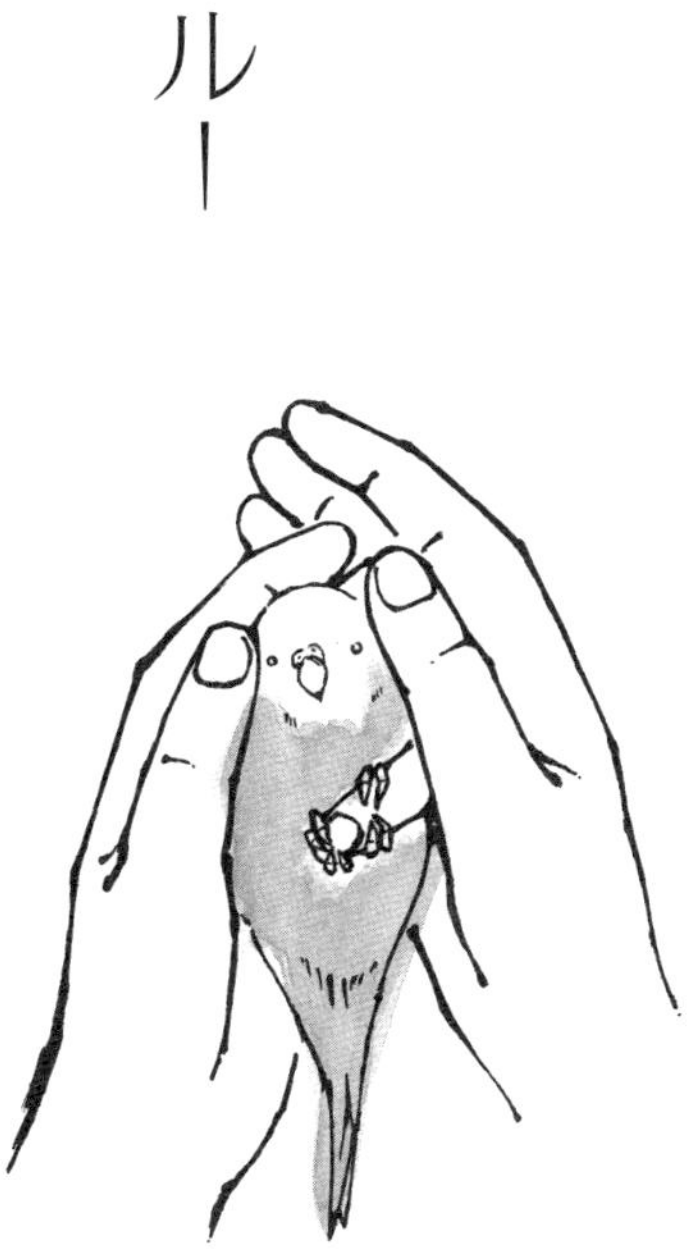

せまい店内には、いずれも木でできた四角い鳥かごが、左右のかべに何段《だん》も積《つ》み重《かさ》ねておいてあった。かごのなかには、裕太《ゆうた》がその名前を知っているだけでもカナリヤ、ジュウシマツ、サクラブンチョウ、シロブンチョウ、オウム、キンカチョウといった小鳥たちが、種類別《しゅるいべつ》に何羽もおさまっている。

あたりには小鳥特有《とくゆう》の羽毛《うもう》のもわもわとしたやわらかいにおいと、フンのにおい、アワやヒエ、貝がら、青菜《あおな》といったえさ類《るい》のにおいが混然《こんぜん》となって立ちこめている。

「おう、たくさんいるな」

一騎《かずき》がうれしそうな声を上げる。

「うん」

応《おう》じながら、裕太《ゆうた》はあたりをみまわす。耳をすます。この小鳥たちが盛大《せいだい》に鳴き、さえずっている声のどこかに、裕太《ゆうた》に話しかけてくる例《れい》の「特別《とくべつ》の声」がまじっているのではないかと期待《きたい》して。それはきっと、あの世《よ》から自分のことをそっとみまもってくれている、いまは亡《な》きお父さんの魂《たましい》だ。

しかし、小鳥たちはあまりにも数が多かった。どの一羽もめいっぱいの声を張《は》り上げて鳴き、さえずっている。そのなかから「特別《とくべつ》の声」をきき分けるのはたやすいことではなかった。

そのとき、ひとりでおくのほうまで歩いていった一騎《かずき》が、だいぶはげかかった水色のペンキでぬられている大きな鳥かごの前に立って、手招《てまね》きをした。

「おーい裕太《ゆうた》、こっちだ。こいよ」

裕太《ゆうた》は手を上げてこたえ、一騎《かずき》のほうに歩いていった。どうしたの？　と目できく。

「一目ぼれした」

「一目ぼれ？」

「おう。こいつだ」

一騎《かずき》の燃《も》えるような視線《しせん》を追《お》って、裕太《ゆうた》もかごのなかをのぞきこむ。

そこには、ぜんぶで七羽のセキセイインコが、二本のとまり木のまわりに群《む》れていた。とまり木ととまり木のあいだを、せわしなくいったりきたりしている小鳥もいる。顔が黄色くて、体が緑《みどり》のもの。顔が灰《はい》色で、体が青いもの。全《ぜん》身《しん》が黄色いもの……。

しかし、一騎《かずき》が「一目ぼれ」したという一羽がどれなのかは、その視線《しせん》をあらためて追《お》いかける必要《ひつよう》もない。裕太《ゆうた》にはすぐわかった。

この子だね、と指《ゆび》さした一羽は、雪のように白い顔と、五月の青空がそのましみついたような体の色をしていた。

「名前も決《き》めたぞ」

そういって、一騎《かずき》はいたずらっぽく笑《わら》う。

青空雪夫《あおぞらゆきお》？　裕太《ゆうた》は心のなかでいう。とっさに、そんな名前が思いうかんだのだ。ちょっとしたじょうだんだけれど。それを口にだせば、一騎《かずき》は大笑《わら》いしてくれるかもしれない。いってみようか、アオゾラユキオだって。いや、いわないほうがいいか。ばかにされるだけかもしれないし。そんなふうに迷《まよ》っているうちに、一騎《かずき》がつづける。

「プルーだ。おまえの父ちゃんが飼《か》っていた小鳥の名前をもらったってわけ」

「ブルーか」

裕太《ゆうた》はかごに顔を近づけた。青空雪夫《あおぞらゆきお》よりずっといい。さすがは一騎《かずき》だ。

ぴよよ。

声がした。目の前のかごのなかにいる、ブルーがいったのだ。〈こんにちは〉である。一騎《かずき》にはわからないが、裕太《ゆうた》にはわかる。

いきなり声がつづいた。

〈ブルーって名前をつけるのか。だったらこのセキセイインコがいちばんだぞ。いい友だちをもってるじゃないか、ぼうず〉

ブルーが「特別《とくべつ》の声」をならべてそういったのである。裕太《ゆうた》は、息《いき》がとまりそうになるほどおどろいた。それはおさないころ、小鳥たちのさえずりのなかにいつもききとっていたのとまったく同じ声のひびきだった。特《とく》に、おしまいにつけた「ぼうず」というよびかけが、ふしぎになつかしくてあたたかい。

「どうだ、気に入ったか？」

一騎《かずき》がきく。

気に入ったなんてもんじゃない。このおどろきを、一騎《かずき》にどう伝《つた》えたらいいだろう。

「どうなんだよ、裕太《ゆうた》」

ひじでわき腹《ばら》をつついてくる。

「そりゃもう」びっくりだ。

裕太《ゆうた》は強くうなずいてみせる。声が半分かすれている。

〈どうやら買ってもらえそうだな。まあ、そんなにおどろくな。おっと、くるぞ〉

最後《さいご》の〈くるぞ〉は、ぐーるる、である。だれがくるのだろう？　裕太《ゆうた》はあたりに気をくばる。

「よし決《き》めた、おれこいつにする」

一騎《かずき》が高らかに宣言《せんげん》したとき、二人の背後《はいご》から人間のおじさんの声が落《お》ちてきた。

「いらっしゃい。そこにいるセキセイインコは、みんな元気いっぱいだよ」

店主《てんしゅ》だった。ブルー、いやお父さんが〈くるぞ〉と知らせてくれた人物《じんぶつ》だ。

「あ、どうも」

裕太《ゆうた》に一拍《ぱく》おくれて、一騎《かずき》もふり返《かえ》る。二人はならんで店主《てんしゅ》をあおぎみた。

一騎《かずき》が胸《むね》を張《は》ってきく。

「この青いセキセイインコ、よく鳴いてるみたいですね。いくらですか？」

「うん。このかごのなかのセキセイインコはどれも、生まれてから四週目に入っているんだ。これから育《そだ》てていくんなら、いちばんいいタイミングだね。一羽のお買い上げなら、消費税《しょうひぜい》は別《べつ》で、どれも二千円だよ」

「手に乗《の》りますか？」

「もちろん。家に帰って、部屋《へや》のなかで放《はな》してごらん。人なつっこいから、手をだしたらすぐに乗《の》ってくる」

〈手だけじゃないさ。肩《かた》にも頭にも乗《の》れるって。教えれば、ものほしみたいにしたロープの上をつなわたりしたり、ボールに乗《の》りながら転《ころ》がしたりもできるんだ。たのしいぞ〉

そういって鳴いているセキセイインコの声の意味《いみ》がわかるのは、もちろん裕《ゆう》太《た》だけだ。

「ほんと、きれいな声でよく鳴きますね」

一騎《かずき》がいうと、店主《てんしゅ》のおじさんは、まさしくとうなずいて、説明《せつめい》してくれる。

「このセキセイインコはよく鳴くし、人間の言葉《ことば》をおぼえてしゃべったりもするよ。名前をつけてやって何度《ど》でもよべばいい。自分の名前は、ちゃんとおぼえるから」

「この青いやつ、じついうとおれ、もう名前をつけちゃいました」

「名前、つけちゃったの?」

「はい」

一騎《かずき》は裕太《ゆうた》のほうをちらっとみてから、視線《しせん》を店主《てんしゅ》のおじさんにもどす。

「プルーです」

「プルーか。ほう、そりゃいい名前だ」

〈当然《とうぜん》さ。この子にほかの名前なんて、考えられるものか。最高《さいこう》の名前じゃな

いか〉

プルーの声が同意《どうい》する。いや、その正体《しょうたい》はプルーではない。プルーは自分のことを「この子」なんてよんだりはしない。そうよぶのは、プルーではない第《だい》三者《さんしゃ》だ。その昔《むかし》、プルーという名前のセキセイインコを飼《か》っていたのは、裕太《ゆうた》のお父さんだった。

あなた、だれですか？　もしかして、ぼくのお父さんでしょ。そうに決《き》まっている。裕太《ゆうた》は言葉《ことば》がのどまででかかった。でも、いまは相手《あいて》に話しかけないほうがいいだろう。そんなことをして、おたがいに会話が始《はじ》まってしまったら、一騎《かずき》や店主《てんしゅ》のおじさんに、どんな目でみられるかわからない。

なぜって、裕太《ゆうた》は当然《とうぜん》、人間の言葉《ことば》で話しかける。一騎《かずき》がプルーと名づけたセキセイインコは、裕太《ゆうた》にしかわからない「特別《とくべつ》の声」でさえずりつづけることになるのだから。

と、一騎《かずき》の声がした。

「よし、決《き》めた。この小鳥、ください。それから、かごや飼育《しいく》用具《ようぐ》一式《いっしき》なんかもつけてほしいんですけど」

「ありがとうございます。それで、ぜんぶの予算《よさん》はどれくらいかな？」

一騎《かずき》はズボンのポケットから一万円札《さつ》をとりだして、おじさんにみせる。

「父ちゃんからは、これだけあずかってきました。足りますか？」

店主《てんしゅ》は顔をほころばせる。

「もちろん、それだけあればだいじょうぶ。じゃあ、わたしにまかせてよ。たっぷりおつりがくるように選《えら》んでそろえますから」

「はい、お願《ねが》いします」

一騎《かずき》の返事《へんじ》は優等生《ゆうとうせい》そのものだ。気分のいい子はみんな、優等生《ゆうとうせい》になる。そのほこらしさが、裕太《ゆうた》の胸《むね》にもじんわりと伝《つた》わってくる。

「それで」

店主《てんしゅ》のおじさんがつづける。

「きみはこれまで、小鳥を飼《か》ったことは？」

「ありません。でも、父ちゃんは昔《むかし》、いやっていうほどたくさん飼《か》ったっていってます」

「だったら心強いね」

おじさんはほっとした表情《ひょうじょう》になって答えると、かごや飼育用具《しいくようぐ》などの商品《しょうひん》をそろえるために、店のおくに姿《すがた》を消《け》した。

〈話はまとまったようだな、ぼうず。おまえの友だちが買ってくれるってわけだ〉

お父さんがいう。裕太《ゆうた》は目をしばたたかせて、プルーをみる。お父さん！お父さんだよね。こうやって話しかけてもらえるのは、とてもうれしいよ。それにしてもいったいどうして、いまになってぼくの前に、こんなふうにしてやってきたの？　口にだしてたしかめたい気持《きも》ちを、必死《ひっし》になっておさえる。

「ほんとにきれいにさえずるよな、こいつ」

一騎《かずき》がまんざらでもない顔をして、裕太《ゆうた》がのぞきこんでいるそばに頭を寄《よ》せてくる。くちびるを舌《した》を器用《きよう》に動《うご》かして、小鳥の鳴きまねをしてみせる。

「ちっちっちっちっちぃ」

〈おっと、その鳴きまねは小鳥にはきこえないぞ。腹《はら》をすかせているネズミかなにかのつもりかい？　たのしい友だちだな、ぼうず〉

「ほら、おれの鳴きまねに反応《はんのう》してら」

一騎《かずき》はうれしそうだ。

裕太《ゆうた》は、プルーが、いやプルーに宿《やど》ったお父さんが、さっきから自分に「特《とく》別《べつ》の声」で話しかけてきていることを、一騎《かずき》にどう伝《つた》えたらいいか迷《まよ》っていた。もし伝《つた》えたら、一騎《かずき》はどんな反応《はんのう》を示《しめ》すだろう？　おまえ、だいじょうぶかよ、やっぱり熱《ねつ》がでてきたんじゃないのか、みたいにいうかもしれない。

それとも、これはてっきり宇宙人《うちゅうじん》が乗《の》り移《うつ》ってきたものだと決《き》めつけるかもしれない。裕太《ゆうた》は、一騎《かずき》のいう宇宙人説《うちゅうじんせつ》を否定《ひてい》して、代《か》わりに、自分のお父さん説《せつ》をとなえることになるだろう。となると、それでも一騎《かずき》はプルーを飼《か》う気になれるだろうか。

いくらなかよしだからといって、相手《あいて》の、いまはもうこの世《よ》にいないお父さんが乗《の》り移《うつ》ってきている小鳥だ。そんな小鳥を自分の愛鳥《あいちょう》として、これからずっとかわいがっていくことなんて、できるのか？

「特別《とくべつ》の声」はききとれなくても、裕太《ゆうた》が説明《せつめい》すれば、その鳴き声やさえずりをきく気持《きも》ちは、びみょうに変化《へんか》するに決《き》まっている。裕太《ゆうた》が一騎《かずき》の立場だったら、そんな小鳥をわざわざ飼《か》おうという気持《きも》ちには、なれないかもしれない。

いうべきか、だまっているべきか……。

「お待《ま》ちどうさま」

店主《てんしゅ》のおじさんの声がして、裕太《ゆうた》の意識《いしき》は現実《げんじつ》の世界《せかい》にもどされた。

「それじゃ、プルーを移《うつ》そう。ええと、この体が青いやつだね」

「はい、プルーです」

一騎《かずき》が胸《むね》を張《は》る。

「そう、プルーだったね」

おじさんはセキセイインコのかごのなかに太い腕《うで》をさし入れると、あざやかな手つきでプルーの体を羽の上からおさえつけた。そのままてのひらのなかにそっと包《つつ》みこむ。

プルーはたちまち、おじさんが店のおくからもってきた観賞用《かんしょうよう》の小さなかごのなかに移《うつ》しかえられた。とまり木の上にちょこんととまって、せわしなく羽をばたつかせながら、あたりを落《お》ちつきなくみまわしている。

〈なかなかこざっぱりとしていて、きれいな鳥かごじゃないか。おやおや、この子はすっかり、このあと連《つ》れていってもらう場所《ばしょ》で、自分は大空を自由《じゆう》に飛《と》べるようになると思いこんでいるみたいだぞ。まあ、小鳥にとっては、それがいちばんの夢《ゆめ》だからな〉

このあと連《つ》れていってもらう場所《ばしょ》というのは、一騎《かずき》の家だ。そこで、大空を自由《じゆう》に飛《と》べるようになるだって？　ありえないよ。裕太《ゆうた》は思う。一騎《かずき》はプルーと名づけたこのセキセイインコを、かごからだして大空に放《はな》つために買ったのではないのだから。でも、小鳥にとっては、それがいちばんの夢《ゆめ》なのか……。

こんなに小さな体をしている生《い》き物《もの》にも夢《ゆめ》があるのだと知らされて、裕太《ゆうた》はしみじみとした気持《きも》ちになる。同時に、身近《みぢか》な人たちがいだいている夢《ゆめ》に、いっしゅんの興味《きょうみ》をかき立てられる。特《とく》に、最近《さいきん》のお母さんだ。

お母さんの夢《ゆめ》ってなんだろう？　毎日、朝早くから昼過《す》ぎまでパートタイムで働《はたら》いて、夜は部《へ》屋《や》にこもって出版社《しゅっぱんしゃ》からたのまれた内職《ないしょく》に精《せい》をだしている。とうの昔《むかし》にいなくなってしまったお父さんに代《か》わって、たったひとりで家族《かぞく》の生活を支《ささ》えている。

もしかして、お母さんの夢《ゆめ》は、新しいお父さんをもらうこと？　そうだとしたらどうしよう。裕《ゆう》太《た》は不《ふ》意《い》に心をかすめた現実《げんじつ》に、まゆを不《ふ》安《あん》でくもらせた。もし、お母さんがほんとうにそんな夢《ゆめ》をいだいているとしたら、裕《ゆう》太《た》は力になってやることができるのか？

いや、ありえないよ。裕《ゆう》太《た》は心の片《かた》すみで、首を左右に強くふる。お父さんのことを思いだして口にするとき、いつもあれだけひとみをかがやかせるお母さんだ。そうかんたんに、かけがえのないお父さんの代《か》わりをみつけてくることなんて、できるはずがない。

しかし、ほんとうにそうだろうか？

できることならいますぐここで、プルーの体を借《か》りてあれこれと話しかけてきているお父さんに、質問《しつもん》を浴《あ》びせてみたい。お母さんの夢《ゆめ》ってなんだと思う？　ぼく、どうすればいいと思う？

一騎《かずき》はおじさんに一万円札《さつ》をわたして、小鳥とかごと飼育用具一式《しいくようぐいっしき》と、ついでにたのんだ一か月分のえさの代金《だいきん》と消費税《しょうひぜい》をあわせた総額《そうがく》をしはらった。おつりを受《う》けとる。

「じゃあ、いくか。おれ、かごごとプルーをもっていくから。おまえは悪《わる》いけど、残《のこ》りのものぜんぶもってきてくれるか？」

「う。あ、いいよ」

裕太《ゆうた》は、思いにしずんでいた気持《きも》ちを現実《げんじつ》にもどす。プルーのさえずりのなかにまぎれているお父さんの声をふり切るように、頭をぶるぶるっとふってみせる。

「また、ぼーっとしてたな」

一騎《かずき》がにやりとして、いう。

二人は七光《ななひかり》小鳥店をあとにして、帰路《きろ》についた。もちろん、めざすは一騎《かずき》の家だ。

「プルーは裕太《ゆうた》といっしょに買った小鳥だからな。おまえもどんどんおれんちに遊《あそ》びにきて、こいつをかわいがってくれよ」

「うん」

そんな一騎《かずき》の言葉《ことば》はとてもうれしかったけれど、いまの裕太《ゆうた》にとって早急《そうきゅう》に決《き》めなければならないことは、プルーに宿《やど》っている声の主《ぬし》の正体《しょうたい》を、一騎《かずき》にどう伝《つた》えるかという問題《もんだい》だった。プルーにはいま、ぼくのお父さんが宿《やど》っているんだ。その事実《じじつ》を、一騎《かずき》の気持《きも》ちを傷《きず》つけないように、しんちょうに話してきかせなければならない。

しかしプルーは、かごのなかにおさまって一騎《かずき》にかかえ上げられたとたん、声をだして裕太《ゆうた》に話しかけるのをぴたりとやめてしまった。ただのセキセイインコにもどって、つぎつぎと過《す》ぎゆく町の景色《けしき》に、ほそい首をこきざみに動《うご》かしつづけている。

4

日曜日の来客《らいきゃく》

一か月がたっていた。

きょうは六月の中旬《ちゅうじゅん》で、朝からどんよりとした空模様《そらもよう》の日曜日だ。居間《いま》の時計の針《はり》は、まもなく午後二時になるところだった。

裕太《ゆうた》はしばらく前にお母さんによばれて、自分の部屋《へや》から居間《いま》にやってきていた。

チャイムが鳴った。

「いらっしゃったわ」

食卓《しょくたく》の前にいたお母さんがいって、玄関《げんかん》にむかった。ソファにすわって、気もそぞろにテレビをみていた有紀《ゆき》と裕太《ゆうた》は、同時に立ち上がる。

「きたって」

有紀《ゆき》がつぶやく。

「うん」

裕太《ゆうた》も応《おう》じる。

まもなく、玄関《げんかん》のドアがあく気配《けはい》が伝《つた》わってきた。男の声がした。

「こんにちは」

「いらっしゃい、お待《ま》ちしていました。さ、どうぞお上がりくださいな」

お母さんがていねいに応対《おうたい》している。

「おじゃまします」

ろうかに足音がして、お母さんが居間《いま》にもどってきた。あとから男がついてくる。

「長瀬《ながせ》さん、いらっしゃったわよ。しっかりごあいさつするのよ」

お母さんにうながされて、有紀《ゆき》と裕太《ゆうた》は直立不動《ふどう》の姿勢《しせい》をとる。

「さ、お入りになって」

居間《いま》に男が姿《すがた》をあらわした。長瀬《ながせ》のおじさんだ。といっても親類《しんるい》ではない。お母さんがパートタイムで働《はたら》いているレストランの店長をしている。赤《あか》の他人《たにん》だ。

「やあ、こんにちは」

お母さんよりずっと年上の長瀬《ながせ》のおじさんは、裕太《ゆうた》の目からみると、おじいさんに近いくらいだ。でも、けっこうハンサムで、身《み》なりもおしゃれだ。ひょろっとした長身《ちょうしん》を折《お》り曲《ま》げるようにして、深々《ふかぶか》と頭を下げた。

「こんにちは」

「こんにちは」

有紀《ゆき》と裕太《ゆうた》はあいさつを返《かえ》す。

二人が長瀬《ながせ》のおじさんに会うのは、きょうで三回目になる。最初《さいしょ》は先々週の土曜日の夜だった。場所《ばしょ》は、お母さんに車で連《つ》れていかれた駅前《えきまえ》のファミリーレストランだった。

「やあ、こんなところでお会いするなんて」

いいながら、長瀬《ながせ》のおじさんは裕太《ゆうた》たちのテーブルに近づいてきた。

「レストランをやっていると、ほかのレストランの様子《ようす》が気になりますもので」

「まあ、長瀬《ながせ》さん。ちょうどいい機会《きかい》だわ。子どもたちをしょうかいします」

そんなやりとりがあって、ひとりできていた長瀬《ながせ》のおじさんは、なぜか裕太《ゆうた》たちのテーブルについてしまったのである。

裕太《ゆうた》がいだいた第一印象《だいいちいんしょう》は、パートタイムをしているお母さんの上司《じょうし》にあたるえらい人、というのとはほど遠い気さくなおじさんだった。食事《しょくじ》が終《お》わったときには、家族《かぞく》の一員《いちいん》のように打《う》ちとけてしまっていた。といっても、おじさんはあくまでも長瀬《ながせ》のおじさんで、裕太《ゆうた》の家族《かぞく》ではないのは当然《とうぜん》だった。

二回目に会ったのは、この前の月曜日である。お母さんが、きょうの夕食は自分の勤《つと》め先《さき》のレストランでとろうといいだした。それで、家族《かぞく》三人でレストランにいくと、予約《よやく》してあったテーブルに店長がやってきた。長瀬《ながせ》のおじさんだった。四人はふたたび家族《かぞく》のように、頭をよせあって食事《しょくじ》をしたのだった。

長瀬《ながせ》のおじさんが裕太《ゆうた》たちの家に遊《あそ》びにくることが決《き》まったのは、そのときである。べつに裕太《ゆうた》や有紀《ゆき》がきてくださいとたのんだわけではない。食事《しょくじ》をおごってもらったお礼《れい》として、お母さんがそれとなくさそう形になった。そう、裕太《ゆうた》は思っている。

その長瀬《ながせ》のおじさんが、いまは裕太《ゆうた》の家に上がりこんで、にこにこ笑《わら》いながら居間《いま》のカーペットの上に立っている。

「有紀《ゆき》ちゃんも裕太《ゆうた》くんも元気そうでなによりだ。ほら、おみやげだよ」

長瀬《ながせ》のおじさんは、もってきた二つの紙包《かみづつ》みを有紀《ゆき》と裕太《ゆうた》の目の前にさしだした。

「まあ、お気をつかわせてしまって」

お母さんが頭を下げる。

「いえいえ、たいしたものじゃありません。二人がたのしんで読んでくれそうな本を、駅前《えきまえ》の書店で選《えら》んできたんです」

「ありがとうございます」

「ありがとーございます」

二人はお礼《れい》の言葉《ことば》をならべて、それぞれの包《つつ》みをあけた。有紀《ゆき》がもらったのは、知らない外国人の作家《さっか》が書いた、知らないタイトルの翻訳小説《ほんやくしょうせつ》だった。裕《ゆう》太《た》がもらったのは、知らない日本人の作家《さっか》が書いた、知らないタイトルの童話《どうわ》だった。

「いま、飲《の》み物《もの》を入れますね。ケーキも買ってありますけど。紅茶《こうちゃ》とコーヒー、どっちがいいかしら？」

お母さんが、ふだんより少しだけトーンの高い声できく。たのしいというよりも、きんちょうしているといった感《かん》じがうかがえる。

「あ、じゃあコーヒーで」

長瀬《ながせ》のおじさんは答えると、すすめられるままにテレビの前のソファにすわった。

「なんだかぱっとしないお天気だね」

だれも返事《へんじ》をしない。

裕太《ゆうた》にしてみれば、長瀬《ながせ》のおじさんはお母さんの職場《しょくば》の上司《じょうし》である。いいかげんにあしらうことはできない。しかし、そのおじさんが日曜日の午後、わざわざ家までやってきて、いかにも家族《かぞく》の一員《いちいん》のようにふるまおうとしているのがみえてくると、とまどってしまう。長瀬《ながせ》のおじさんはあくまでも長瀬《ながせ》のおじさんだ。お父さんではなかった。

ふと窓《まど》ぎわのカーテンのそばのかべから、だれかがみつめているような気がした。裕太《ゆうた》は首をまわした。写真《しゃしん》のなかのお父さんが、静《しず》かに笑《わら》っている。生きていっしょに暮《く》らしていなくても、裕太《ゆうた》のお父さんは、この世《よ》にたったひとりしかいない。章一《しょういち》という名前の、このお父さんだ。

長瀬《ながせ》のおじさんが、なにかいっている。ききのがした裕太《ゆうた》は、生返事《なまへんじ》をする。年齢《ねんれい》、というよりも世代《せだい》が大きくはなれていて、学校の先生でもなく、共通《きょうつう》のしゅみや話題《わだい》もないおじさんとは、いくらひざとひざをつきあわせても、たのしくてじゅうじつした時間が過《す》ごせるとは思えなかった。

足もとのテーブルに、ケーキとコーヒーと紅茶《こうちゃ》とジュースがならんだ。

あれこれ話をするのはお母さんだけだ。ときどき席《せき》を立って、お茶菓子《ちゃがし》をもってきたりコーヒーを入れかえたりと、せわしない。長瀬《ながせ》のおじさんは裕太《ゆうた》たちを笑《わら》わせようと、ときに「ゾウがいるゾウ」とか「イルカはイルカ?」などといった寒《さむ》いオヤジギャグをとばしてみせるが、だれにもうけない。

あっというまにケーキを食べ終《お》わってしまうと、有紀《ゆき》が立ち上がった。

「あたしちょっと、部屋《へや》にいってくる」

裕太《ゆうた》も、タイミングを失《うしな》いたくなかった。

「ぼくもでかけなくちゃ」

「え、どこいくの？」

お母さんがひとみを広げてきく。

「一騎《かずき》んところ」

「あら、一騎《かずき》くんのおうちにいくなんて、お母さんきいてなかったわよ」

「プルーと遊《あそ》ぶんだ」

裕太《ゆうた》は口からでまかせをいった。すぐ帰ってくるよ、とつけ足そうとしたが、初《はじ》めからそんなつもりはぜんぜんなかったので、つけ足すのはやめにした。どちらにしても、長瀬《ながせ》のおじさんと話すことはもうなにもない。

お母さんには、ぼくの気持《きも》ちがわからないのだろうか？　裕太《ゆうた》は少し、もやもやした気分になる。これまではなにもいわなくても、お母さんは裕太《ゆうた》の考えていることを、一から十まですっかりくみとってくれていた。それがいまは、裕太《ゆうた》がいきなりいいだした言葉《ことば》を前にして、少しばかりあわてているみたいにもみてとれる。それとも、ただきんちょうしているだけなのか。

部屋《へや》にもどって、ケータイで一騎《かずき》の家に電話すると、本人がでた。

「あの、ぼく」

「おう、どうした裕太《ゆうた》、そっちから電話くれるなんてめずらしいな」

「元気?」

「ばっちりだ。おまえも元気か?　ひまなら遊《あそ》びにこいよ」

「いいの?」

「当然《とうぜん》じゃん、プルーも待《ま》ってるぞ」

その声をきいて、裕太《ゆうた》は心底《しんそこ》ほっとした。もつべきものは友だちだ。

「いいなあ、裕太《ゆうた》は。あたしもどこかに遊《あそ》びにいきたいよぅ」

ケータイの会話をきいていた有紀《ゆき》がいう。

「お姉ちゃんもいっしょにくる?」

「だめだよ。二人そろっておうちをでていったら、お母さんが泣《な》いちゃうよ」

「泣《な》かないよ」

「長瀬《ながせ》のおじさんにも、悪《わる》いし」

「悪《わる》くないよ」

「あたしはここでＣＤ《シーディー》でもきいている」

裕太《ゆうた》は一騎《かずき》の家にむかいながら、一か月前のことを考えた。プルーを買うために一騎《かずき》と二人で七光《ななひかり》小鳥店をおとずれたときだ。店内で自分の耳がきいたのは、プルーのさえずりのなかにききとれた、なつかしさいっぱいの声だった。

声は、ほかの人の耳には小鳥のさえずりにしかきこえない。しかし裕太《ゆうた》にとっては、赤ちゃんのころからずっと慣《な》れ親しんできた、小鳥が発《はっ》する「特別《とくべつ》の声」だった。

声の正体《しょうたい》は、宇宙人《うちゅうじん》ではなくお父さんだ。その魂《たましい》がプルーに宿《やど》ったのだ。そう思えば思うほど、裕太《ゆうた》はプルーが発《はっ》する声の秘密《ひみつ》を、一騎《かずき》に打《う》ち明けることができなくなった。

その後、かごのなかにおさまったプルーは、一騎《かずき》の家につくまで、とうとう声をださなかった。ところが、家について、二階《かい》にある一騎《かずき》の部屋《へや》のしかるべき場所《ばしょ》に鳥かごがおかれると、ふたたび声がきこえてきた。

しかしその声は、お父さんではなかった。宇宙人《うちゅうじん》でもない。びっくりしたことに、プルーという名前がついたセキセイインコそのものが、「特別《とくべつ》の声」をだしておしゃべりを始《はじ》めたのである。

こんなぐあいだった。

〈あーあ、まったくもう。こんなせまっくるしいかごのなかにとじこめられて。ぼくは大空を自由《じゆう》に飛《と》びたいんだ。早くここからだしてもらいたいよう〉

声の調子《ちょうし》も、それまで耳にしていた、どこか大人《おとな》の威厳《いげん》をうかがわせるものではなかった。ずっと子どもっぽくて、どう考えても小鳥そのものという感《かん》じがする。

お父さんはどこへいってしまったのか？　そんな疑念《ぎねん》を感《かん》じつつも、裕太《ゆうた》はさっきとはちがった興味《きょうみ》をいだいて、耳をかたむける。

〈そろそろぼくを、ここから放《はな》してくれるつもりなんでしょ。だったら早くし

てよ。きみたちがぼくを選《えら》んで買ってくれて、あの店のかごのなかから連《つ》れだしてくれたことには大感謝《だいかんしゃ》しているんだから〉

もちろん、そんなプルーの勝手《かって》なひとりごとがわかるのは、裕太《ゆうた》だけだ。一騎《かずき》にしてみれば、プルーはかごのなかで、あいも変《か》わらず元気よく、きれいな声でさえずっている小鳥にすぎない。その体に宿《やど》っているのがお父さんなのか、それとも、いまはプルー自身《じしん》なのかといった区別《くべつ》さえわからない。

「ほんとによく鳴くやつだな。おれんちの小鳥になるのが、そんなにうれしいのかよ」

そういって、いかにも満足《まんぞく》そうにほおをゆるめる一騎《かずき》に、プルーがじつはなにを話しているのか教えることも、裕太《ゆうた》にはできなかった。早く鳥かごの外に飛《と》んでいきたい。自由《じゆう》になりたい。そんなことは、なかよしの一騎《かずき》の心を傷《きず》つけるだけにしか思えなかった。

そうこうするうちに、日がたった。

プルーは裕太《ゆうた》が一騎《かずき》の家にさそわれて遊《あそ》びにいって、鳥かごの前に顔を近づけるたびに、一騎《かずき》とのあいだのまったくかみあわない会話を裕太《ゆうた》にきかせつづけた。

「おいプルー、裕太《ゆうた》がまた遊《あそ》びにきてくれたぞ。ごあいさつはどうした？」

〈もうやだやだ、こんなせまっくるしいかごのなかの生活。まったくもってうんざりだ〉

「ずいぶんうれしそうな声で鳴いてるぞ。プルーは、裕太《ゆうた》のことをおぼえてるんだ」

〈やあきみ、またきたんだね。ぼくをここからだしにきてくれたの？　だったら早くしてよ。ぼく、大空を自由《じゆう》に飛《と》びたいんだ〉

「外にだして遊《あそ》ばせろっていってるのかもしれないぞ。だって、裕太《ゆうた》がくるとたいていプルーは、かごからだしてもらえるからな」

もちろん、ここでいう「外」というのは、窓《まど》もドアもしめきりにした一騎《かずき》の家の「部屋《へや》のなか」の意味《いみ》だ。そこは鳥かごのなかより多少広い空間だったが、プルーが夢《ゆめ》みる鳥かごの外の世界《せかい》とは大ちがいだ。

〈このかごからだして、部屋《へや》からもだして、窓《まど》のむこうに広がる世界《せかい》を冒険《ぼうけん》させてよ。ぼくに羽が生えているのはどうしてだと思う？　大空を自由《じゆう》に飛《と》べるようにって、神様《かみさま》がつけてくれたんだ〉

プルーのそんな声をきくたびに、裕太《ゆうた》はだんだんいたたまれない気持《きも》ちになってくる。同時に、プルーのおしゃべりばかりをきかされて、かんじんのお父さんの声はどこへいってしまったのだろうと、不安《ふあん》にもなる。しかし一騎《かずき》は、そんな裕太《ゆうた》の胸《むね》のなかの混乱《こんらん》を想像《そうぞう》することとさえ、できないのだった。

この一、二週間、裕太《ゆうた》が一騎《かずき》の家をたずねる機会《きかい》は、じょじょに減《へ》ってきていた。前回たずねたのは、火曜日の夕方である。家でパイを焼《や》いたからとりにこないかというさそいにこたえて、足をむけたのだった。

それからまる四日間、裕太《ゆうた》はプルーに会わない日々を送《おく》ってきた。せっかく大切に飼《か》ってもらっているというのに、外にでたいとか大空を自由《じゆう》に飛《と》びたいとか、勝手《かって》気ままないいぐさをならべられるのは、うんざりという気分だった。その声が、ききたくなくてもきこえてしまうのだから。

しかし四日もたつと、それなりに、いまごろどうしているかなという気持《きも》ちになってくる。あるいは、もしかしたらふたたびその体にお父さんが宿《やど》ってきて、〈元気だったたか、ぼうず〉と話しかけてくれるかもしれないと思うと、いてもたってもいられなくなる。

だいたいお母さんはいま、子どもたちがいなくなってしまった居間《いま》で、長瀬《ながせ》のおじさんと二人きりになって、どんな話をしているのだろう？　こんなときこそ、お父さんの意見《いけん》をぜひともきいてみたい。

「やあ」

「おう、裕太《ゆうた》」

一戸建《いっこだ》てで二階家《かいや》の一騎《かずき》の家は、一階《かい》に居間《いま》や食堂《しょくどう》や夫婦《ふうふ》の寝室《しんしつ》などがあった。一騎《かずき》の部屋《へや》は、二階《かい》の南側《がわ》の洋室《ようしつ》だった。

「いま、ここから、おまえが歩いてくるのがみえてたぞ」

部屋《へや》のバルコニーの窓《まど》が半分あいている。レースのカーテンが風にゆれている。

「なんか、百歳《さい》のじいさんみたいな歩き方してたけど、だいじょうぶか？」

「まあね」

裕太《ゆうた》はそう答えて、部屋《へや》のドアをしめた。ベッドまでいって、しりを落《お》とす。

〈家から避難《ひなん》してきたのか、ぼうず〉

部屋《へや》の片《かた》すみにおいてあるかごのなかで、プルーがいった。いや、ちがった。プルーではない。ひそかに期待《きたい》していたお父さんが、久《ひさ》しぶりにもどってきたのだ。すべておみとおし、といった口調《くちょう》がたのもしい。

裕太《ゆうた》は目をかがやかせて、お父さん、と口走りそうになるのをようやくのところでおさえた。首をのばして、とまり木に身《み》をゆらせているプルーをのぞきこんだ。

「まあ、らくにしろよ」

なにも知らない一騎《かずき》は、机《つくえ》の引き出しにいつもないしょでかくしているチョコレートバーを一本とりだすと、裕太《ゆうた》にトスした。

5

夕暮《ゆうぐ》れの出会い

チョコレートバーをかじりながら、一騎《かずき》がいろいろと話しかけてくるのだが、裕太《ゆうた》はほとんどうわの空だった。目の前のかごのなかにいるプルーが、いや、プルーの体に久《ひさ》しぶりにもどってきたお父さんが、つぎになにをいいだすか、気になってしかたがない。

「おい裕太《ゆうた》、人の話きいてんのかよ。ぜんぜん気合いが入ってないぞ」

夏休みの遊《あそ》びの計画について、一騎《かずき》はさっきからあれこれと提案《ていあん》をつづけていた。裕太《ゆうた》はうん、とか、そうだね、とか生返事《なまへんじ》ばかりだ。その視線《しせん》が、一騎《かずき》の顔とかごのなかでせわしなく体を動《うご》かしているプルーとのあいだを、いったりきたりしている。

「プルーと会うのは四日ぶりだもんな。プルーもひさびさにおまえがきてくれたんで、よろこんでるみたいだぞ」

一騎《かずき》はとうとう、夏休みの遊《あそ》びの計画を話題《わだい》にするのをあきらめた。四日ぶりにプルーに会いにきた裕太《ゆうた》のために、しばらくは二人だけ、いや、ひとりと一羽だけにしてやってもいいかと、太《ふと》っ腹《ぱら》をみせることにした。

「なんだかのどがかわいたな。ちょっと待《ま》ってろよ、いまジュースをもってきてやる」

いいおいて、部屋《へや》をでていった。

半びらきになったドアのむこうから、一騎《かずき》が階段《かいだん》をおりていく足音が遠のいていく。

裕太《ゆうた》はさっそく、ブルーのかごまで歩いていった。顔を近づけてのぞきこむ。

そっときいてみる。

「お父さん……でしょ？」

もし、そうだという答えが返《かえ》ってきたらどうしよう？　きかなくてはいけない質問《しつもん》が、山ほどわいてきそうだ。どうしていまになって、ぼくのところにふたたび声となってやってきたのか。あの世《よ》ってどんなところか。いま、お母さんのところに遊《あそ》びにきている長瀬《ながせ》のおじさんのことを、どう思うか。もしこれからも、長瀬《ながせ》のおじさんがたびたび家に遊《あそ》びにくるようになったら、ぼくと有《ゆ》紀《き》お姉ちゃんはどうしたらいいか……。

すると、プルーの声がいった。

〈あのね、ぼくって夢《ゆめ》をみるんだ〉

がっかりだ。声はふたたびプルーにもどってしまった。お父さんの声は、あっというまにどこかへいってしまっている。

「うそだ。どうなってるの？」

プルーはかまわず、しゃべりつづける。

〈ここのところよくみるのは、空のずっと高いところにいる夢《ゆめ》だよ。目の下には、白い雲がじゅうたんみたいに広がっている。とても明るくてきれいな景色《けしき》なんだけど、ぼく、どうしてこんなところまで飛《と》んできちゃったのか、よくわからない。空を飛《と》んできたことはたしかなんだけど。でも、いつかごをぬけだして空を飛《と》ぶことになったのか、ぜんぜん記憶《きおく》にないんだ〉

いいながらプルーはとまり木の上で、左右にせわしなく移動《いどう》をくり返《かえ》す。裕《ゆう》太《た》の顔をま正面《しょうめん》からみつめ返《かえ》す。それから、裕《ゆう》太《た》がびっくりするようなふしぎな話を始《はじ》めた。

〈でも、きょうの朝みた夢《ゆめ》はすごかったな。ぼく、小鳥じゃなくて人間になってるんだ。人間の男の人に。マンションっていう、とても大きな四角い建物《たてもの》の六階《かい》に住《す》んでいてね。人間のおくさんと、生まれてまもない女の子の赤ちゃんと、三人で暮《く》らしているんだ。その家は空に近い場所《ばしょ》にあるから、ベランダからのながめはとてもいい。でも、もっとびっくりすることが夢《ゆめ》のなかであったんだ〉

裕太《ゆうた》は目をドングリにする。プルーがいっているのは昔《むかし》、お父さんが生きていたころの自分の家の話ではないか。顔をさらにプルーのかごに近づけて、ひとこともききもらすまいと耳をかたむける。

〈人間のぼくが夕方の道を歩いているんだ。すると、目の前に店があらわれた。ぼくはいきなり店に飛《と》びこむ。そこは、いまのぼくがこの家にくるまでずっといた小鳥屋《や》さんなんだよ、駅前《えきまえ》の。で、ぼくはそこで小鳥を買うんだけど。どんな小鳥を買ったと思う?〉

「人間のぼく」というのは、まちがいなくお父さんのことだ。裕太《ゆうた》が生まれる前、お父さんは駅前《えきまえ》の七光《ななひかり》小鳥店で、発作的《ほっさてき》にセキセイインコを買ったのである。

「プルーでしょ、昔《むかし》のプルーだ」

裕太《ゆうた》の言葉《ことば》がわかったのかどうか、プルーは一方的《いっぽうてき》にしゃべりつづける。

〈ぼくそっくりのセキセイインコ。人間のぼくはそいつを、天井《てんじょう》のあたりがせまくなっている、全体《ぜんたい》が青くて小さな鳥かごのなかに入れて、家にもって帰るんだ。そこで待《ま》っていたのが、さっきいった、ぼくのおくさんと、かわいい女の赤ちゃんだったってわけ〉

お母さんとお姉ちゃんだ。自分がまだ生まれていなかったころの話を、裕太《ゆうた》は遠い国の物語《ものがたり》を耳にするような気分できいた。

〈人間のぼくは、いまのこのぼくそっくりのセキセイインコにプルーという名前をつけたんだ。毎日いっしょうけんめい、めんどうをみた。プルーは、家のなかに新しくともった希望《きぼう》だった。かわいくてやさしくてきれいな鳴き声に、家族全員《かぞくぜんいん》がいやされた。赤ちゃんはすくすくと育《そだ》った。夢《ゆめ》だからね、現実《げんじつ》と幻《まぼろし》

がごっちゃになっているのかもしれない。

でも、ほんとうにふしぎな光景《こうけい》だった。いつも家のなかに笑《わら》いが絶《た》えないのは、プルーがいてくれたからさ。家族《かぞく》に幸《しあわ》せを運《はこ》ぶ小鳥だよ。ぼくもそんな小鳥になれたらいいなって、夢《ゆめ》をみながら心の底《そこ》から思ったね〉

半びらきのドアのむこうから、一騎《かずき》が階段《かいだん》をのぼってくる足音がきこえてくる。

〈でもぼくは、夢《ゆめ》のなかではあくまでも人間だった。その人間のぼくが空にむかって飛《と》んでいくのは、それからしばらくあとになってからのことだ。ある日、車を運転《うんてん》していて事故《じこ》を起《お》こす。おそろしい事故《じこ》だ。それから、ぼくは空を飛《と》ぶ。雲をめざしてね。だいたい、人間のぼくは小鳥じゃないから、空なんか飛《と》べるわけないのに。でも、ぼくは空を飛《と》ぶ。

いまのこのぼくは小鳥だから、もちろん空は飛《と》べるけれど、雲まではいけないだろう。でも、せめて大空を一度《ど》でいいから自由《じゆう》に飛《と》べたらって思うよ。そしたらぼく、自分がほんとうに暮《く》らしていきたい場所《ばしょ》をめざして、もう一度《ど》地上にまいおりていくんだ〉

ドアを背中《せなか》でおしてしめる音がした。

「よく鳴いてるじゃないか。階段《かいだん》のとちゅうから、ぴーぴー声がきこえてきたぞ。裕太《ゆうた》がきてくれて、よっぽどうれしいんだな」

一騎《かずき》が、両手《りょうて》にジュースのグラスをもって立っていた。とたんにプルーは、おしゃべりをやめてしまった。というか、その声はただの小鳥のさえずりに変《か》わってしまった。

裕太《ゆうた》がいくら耳をかたむけても、プルーはもう「特別《とくべつ》の声」をださない。ただのセキセイインコがふつうにさえずっているだけだ。

その後、プルーをかごからだして、部屋《へや》のなかを飛《と》ばしたり、手に乗《の》せたりして遊《あそ》んだときも、プルーはただの小鳥だった。

それから二人は、一騎《かずき》がいま夢中《むちゅう》になっているテレビゲームで遊《あそ》ぶことにした。裕太《ゆうた》はゲームをしているあいだも、プルーがいつ自分に話しかけてくるか、気が気ではなかった。当然《とうぜん》、集中《しゅうちゅう》できない。やる気いっぱいの一騎《かずき》との勝負《しょうぶ》には、負《ま》けてばかりだった。時間だけが、どんどん過《す》ぎていく。

夕方になって、裕太《ゆうた》はとうとう一騎《かずき》にさよならをいわなければならなくなった。お父さんの声はけっきょく、きけずじまいになりそうだ。いまこそ裕太《ゆうた》はお父さんに、お母さんと長瀬《ながせ》のおじさんのことについて、腰《こし》をすえてじっくりと相談《そうだん》したかったのに。

後《うし》ろ髪《がみ》を引かれる思いはあるが、一騎《かずき》の家で夕ごはんを食べさせてもらうわけにもいかない。家にはまだ、長瀬《ながせ》のおじさんがいるのだろうか？　これからいっしょにごはんを食べなければいけないのだろうか？　どちらにしても、もういくしかない。

「またあした、学校で」

「おう。なんだか知らないけど元気だせよ」

その日の裕太《ゆうた》は、いつにもまして落《お》ちつきがなく、しずんでいたので、一騎《かずき》は別《わか》れぎわについ、そう声をかけていた。

「うん、だいじょうぶ」

二人ならんで部屋《へや》をでようとしたときだ。最後《さいご》の最後《さいご》に、裕太《ゆうた》がプルーのかごをふりむくと、声がまた飛《と》んできた。

〈いわなければ伝《つた》わらないぞ、ぼうず。だまっていても始《はじ》まらない。すべてがそうだ〉

お父さんの声だ。裕太《ゆうた》は意気消沈《いきしょうちん》してちぢこまっている背中《せなか》を、お父さんのたくましい手でばしん、とはたかれて、喝《かつ》を入れられたような気持《きも》ちになった。

「どうした?」

とつぜん、顔に光があふれたような裕太《ゆうた》の変化《へんか》を感《かん》じとって、一騎《かずき》がきく。

「いや、なんでもないんだ。きょうはさんきゅう。たのしかったよ」

「おう、こっちこそだ」

玄関先《げんかんさき》で手をふって、自宅《じたく》があるダイヤモンドマンションへつづくゆるやかな坂道《さかみち》をのぼり始《はじ》めたとき、どこからか声がした。

ぐーるる。

みると、目の前の家の二階《かい》のバルコニーに、鳥かごがおいてある。なかに入っているのはインコだ。たしか「ケセラちゃん」という名前だったと、裕太《ゆうた》は思いだした。飼《か》い主《ぬし》は、町内会の副《ふく》会長をしている人だった。

ケセラちゃんがかごのなかで、ぶるっと身《み》じろぎをした。と、家のなかから女の人のささやき声がもれてきた。副《ふく》会長夫人《ふじん》だ。

「ケセラちゃん、そろそろおうちに入ろうね」

白い腕《うで》が二本、にゅっとのびてきた。ケセラちゃんを入れたかごはたちまち、家のなかに消《き》え去《さ》った。

さて、だれがやってくるのだろう？

「こんにちは、高島《たかしま》くん」

目の前に女の子が立っていた。真由《まゆ》だった。びっくりだ。夕暮《ゆうぐ》れがせまってきているというのに、サンダルをつっかけている。そういえば、真由《まゆ》の家はこの近くだったことを、裕太《ゆうた》は思いだした。

「やあ」と答えてすぐに、心臓《しんぞう》が高鳴り始《はじ》めた。うれしいの半分と、はずかしいの半分の気持《きも》ちががっぷり四つに組んでいる。このままにげてしまおうか。

ところが、にげるなと、心のなかにいるもうひとりの裕太《ゆうた》がいっている。ここでにげたら、おまえは一生のばかだ、弱虫だ。どうにかふみとどまって、裕《ゆう》太《た》はきいた。

「どうしたの？　こんな時間に」

「うん。お母さんとけんかして、おうちを飛《と》びだしてきちゃった」

「家出《いえで》したんだ。ぼくと同じだね」

自然《しぜん》にそんな言葉《ことば》が転《ころ》がりでたのは、裕太《ゆうた》にとってもおどろきである。

「高島《たかしま》くんも家出《いえで》中？」

「まあね。これから帰るところだけど」

会話は、じょじょになめらかになっていく。

「お母さんは、わたしをむりやり塾《じゅく》にいかせようとするの。いきたくないっていうのに、夏休みに駅前《えきまえ》のスパイスで二十日《はつか》間の集中進学《しゅうちゅうしんがく》コースを受《う》けないといけないんだって。勝手《かって》に決《き》めてきたんだから」

スパイスというのは、猛烈特訓《もうれつとっくん》で有名《ゆうめい》な進学塾《しんがくじゅく》の名前だ。塾長《じゅくちょう》の芝田《しばた》先生は、その人がいるだけで部屋《へや》の温度《おんど》が確実《かくじつ》に三度《ど》は上がるといわれる熱血漢《ねっけつかん》で知られている。

真由《まゆ》はひとしきり、母親の横暴《おうぼう》ぶりに対《たい》する文句《もんく》をならべてみせた。

「子どもは親の家来《けらい》じゃないんだから。いうことをなんでもはいはいきくと思ったら大まちがいよ。そう思わない？」

「うん。いやなことはいやだってはっきりいわないと、相手《あいて》に伝《つた》わらないよね」

「わあ、きょうの高島《たかしま》くん、たのもしい」

ひそかにあこがれている真由《まゆ》に、そんなふうにいわれて、裕太《ゆうた》は天にのぼる気分だ。はずかしい気持《きも》ちが、じょじょにほぐれていく。

「で、高島《たかしま》くんのほうの家出《いえで》の事情《じじょう》は？」

「うん」

どう説明《せつめい》したらいいだろう？　裕太《ゆうた》はひたいにしわを寄《よ》せる。つまり、こういうことなのだと、気持《きも》ちを整理《せいり》する。ひとことひとこと、選《えら》ぶようにして声にしていく。

「お母さんのところに昼間、お客《きゃく》さんがきたんだ。お母さんが働《はたら》いているレストランの店長さんさ。悪《わる》い人じゃないけど、どうやらお母さんと結婚《けっこん》したいらしい」

結婚《けっこん》という言葉《ことば》を口にしたところで、心臓《しんぞう》のどうきがいきなりはげしくなる。これまでだれも、お母さんと長瀬《ながせ》のおじさんを「結婚《けっこん》」という言葉《ことば》で結《むす》びつけることはなかった。それは、周囲《しゅうい》の人々の暗黙《あんもく》のなかにひそんでいる秘密《ひみつ》のようなものだった。

でも、いまはちがう。裕太《ゆうた》の頭のなかに、さっき一騎《かずき》の部屋《へや》からでていこうとした直前、プルーが、いやプルーに宿《やど》ったお父さんが投《な》げてよこした言葉《ことば》がこだまする。

〈いわなければ伝《つた》わらないぞ、ぼうず。だまっていても始《はじ》まらない。すべてがそうだ〉

「ぼくお母さんに」

裕太《ゆうた》はくちびるをなめて、つづける。

「いわなければならないことがあったんだ。うちにはお父さんがいないから、お母さんは新しいお父さんがほしいのかもしれない。ひとりで働《はたら》くのはたいへんだし。それで、店長さんを連《つ》れてきたんだと思う。でも、ぼくはいらないんだ、新しいお父さんなんて。お父さんは、死《し》んじゃったお父さんひとりだけでいいんだ。そのことを、お母さんにはっきりいえなかったから、一騎《かずき》の家ににげだしたの」

真由《まゆ》はまばたきもわすれたかのように、裕太《ゆうた》をみている。

「でも、いまは気持《きも》ちが変《か》わった。やっぱりいわなければならないことはいわないと。だってそうだよ。いわなければ伝《つた》わらないし、だまっていても始《はじ》まらないんだ。すべてはそうでしょ。それがわかったから」

「そうだよね。いわなければ伝《つた》わらない。高島《たかしま》くんのいうとおりよ。もしかしたら高島《たかしま》くんのお母さん、新しいお父さんが家にきてくれたら、高島《たかしま》くんがいちばんよろこぶって思ってるのかもしれないよ。だったら大まちがいだっていうこと、はっきり伝《つた》えてあげないと」

「ぼくがよろこぶわけないよ。お姉ちゃんだってそうさ」

しかし、真由《まゆ》の指摘《してき》は、裕太《ゆうた》の心にあるもう一つのとびらを、確実《かくじつ》にノックした。

「だったら、とんでもない思いちがいだ」

「そうよね。そのこと、早くお母さんに気がついてもらわないと。そしたらきっと、お母さんの気持《きも》ちも変《か》わるんじゃないかって、わたし思うな」

「そうだね。うん、そうだよね」

真由《まゆ》は大きくうなずいて、いう。

「そういうわたしも、お母さんにもっとたくさん、わかってもらえるまでいわないといけなかったんだ。かんたんにあきらめて家出《いえで》しちゃうなんて、ばかだったな」

裕太《ゆうた》は力をこめてうなずき返《かえ》す。真由《まゆ》はただのおすましの女の子ではなかった。自分と同じように、なやめる子どもだった。するといきなり、これまで胸《むね》にえがいていた幻想的《げんそうてき》なあこがれの気持《きも》ちがはがれ落《お》ちた。代《か》わりにあらわれたのは、一騎《かずき》とのあいだに流《なが》れているのと同じ、まじりけのない友情《ゆうじょう》だった。

「よし。それじゃぼく、もういかないと。坂本《さかもと》はこれからどこいくの？」

「おうちに帰る」

いって、真由《まゆ》は赤い舌《した》をだした。

「高島《たかしま》くんと話したら、わたしなんてまだまだ家出《いえで》なんかしてる場合じゃないってわかったから」肩《かた》をすくめて、つづける。

「とちゅうまでいっしょに帰ろうよ」

「うん」

真由《まゆ》はバレリーナのターンのように、むきを変《か》える。歩きだした裕太《ゆうた》の横《よこ》にならぶ。

日はじょじょに暮《く》れていく。二人はしばらくいっしょに歩いて、町内会の掲《けい》示板《じばん》が立っている路地《ろじ》の前まできた。おくのほうに、真由《まゆ》の家があった。

「このへんだよね。じゃあ」

「うん、またあした学校で。おたがいにいいたいこと、お母さんにしっかり伝《つた》えようね」

「わかった」

「じゃあね、バイバイ」

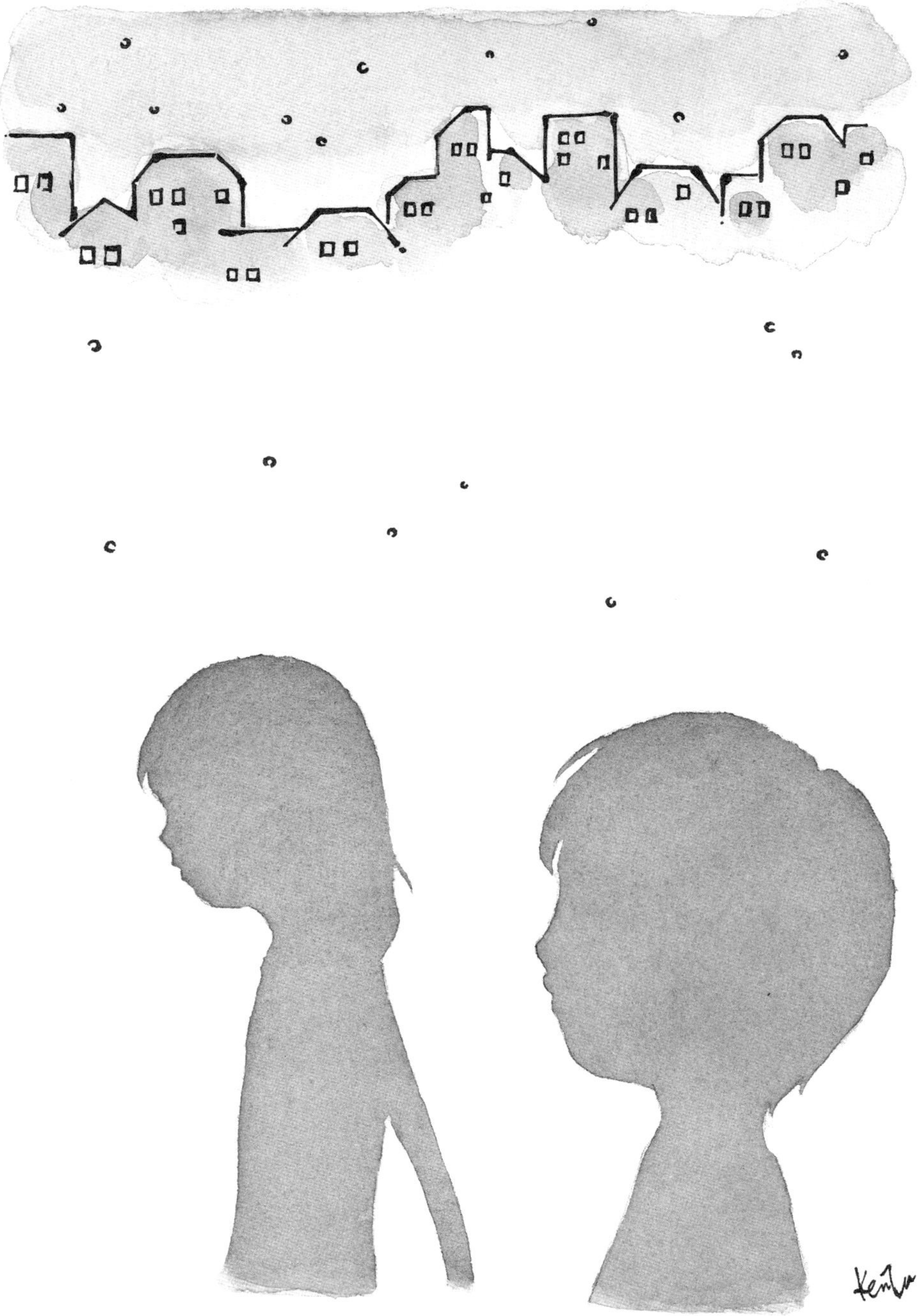

「バイバイ」

手をふって別《わか》れた真由《まゆ》の、ぺたぺたと音を立てて歩くサンダルの音が、路地《ろじ》のおくへと消《き》えていく。裕太《ゆうた》がしばらくその場にたたずんで耳をすましていると、やがて家の門をがらがらと引きあける音がした。

「ただいまー」

真由《まゆ》の声は、元気はつらつだ。

6

帰ってきた家族

マンションの入り口近くまで歩いてきたとき、ケータイが鳴った。きっとお母さんだ。家にはまだ、長瀬《ながせ》のおじさんがいるのかもしれない。裕太《ゆうた》は少しだけ、気が重《おも》くなった。

ところが、かけてきた相手《あいて》は一騎《かずき》だった。

「もしもし」

「たいへんだ、プルーがにげた」

「にげたって？」

「おまえが帰ったあとで、プルーをまたかごからだしたんだ。部屋《へや》んなかでしばらくごきげんに遊《あそ》んでたんだけど」

母親が不注意《ふちゅうい》であけた部屋《へや》のドアから、プルーはろうかに飛《と》びだした。ろうかの窓《まど》が大きくあいていたため、そのまま夕暮《ゆうぐ》れの空にまい上がっていったというのである。

「うそだ！　だめだよそんなの」

裕太《ゆうた》は、一騎《かずき》もおどろくほどの強い調子《ちょうし》の声を返《かえ》した。その場でむきを変《か》えると、一騎《かずき》の家にかけもどった。

二人はプルーの姿《すがた》を求《もと》めて、町内のあちらこちらをさがしまわった。小鳥が好《この》む樹木《じゅもく》がたくさんある玉石神社《たまいしじんじゃ》の境内《けいだい》や、プルーのふるさとでもある七光《ななひかり》小鳥店にもいってみた。しかし、その姿《すがた》をみることも、鳴き声をきくこともついにできないまま、やがて日がとっぷりと暮《く》れてしまった。

とちゅうで裕太《ゆうた》のケータイに、お母さんから電話がかかってきた。

「プルーがにげたんだ。いま一騎《かずき》とさがしてるところ。悪《わる》いけど、まだ帰れないよ」

いわなければならないことを一方的《いっぽうてき》にいって電話を切った。長瀬《ながせ》のおじさんになんて、会ってる場合じゃない。

「もういいよ裕太《ゆうた》。こんなに暗《くら》くなっちまったら、みつかるものもみつからない」

一騎《かずき》ががっくりと肩《かた》を落《お》として、いう。二人は一騎《かずき》の家の前までもどってきていた。

「だめだよ。プルーをこのままにしたら、ネコやカラスにおそわれちゃう。自分でえさをさがして食べることだってできないんだから」

そんな裕太《ゆうた》の、これまでとは打《う》って変《か》わった態度《たいど》に、一騎《かずき》はびっくりしている。

「もうさがせそうなところはみんなさがしたぞ」

「なら、もう一度《ど》最初《さいしょ》からさがしなおそうよ」

「そんなこといったって」

「きっとどこかにいるんだ」

一騎《かずき》は一度《ど》、深《ふか》くうなずいてみせる。

「おまえがプルーのこと、すごく心配《しんぱい》してくれるのはうれしいけど。これ以上《いじょう》さがすのはむりだって。あたりが暗《くら》くなると、小鳥は動《うご》きをとめるんだ。どこかでじっと羽を休めたまま、朝まで鳴き声も立てやしないぞ」

裕太《ゆうた》はようやく、首をたてにふった。それでもその目はあいかわらず、あたりの樹木《じゅもく》や塀《へい》の上や路地《ろじ》の暗《くら》がりにせわしなく注《そそ》がれている。それから、むきなおった。

「ぼく、一騎《かずき》にいっておかないといけないことがあるんだ。プルーのことなんだけど」

「おう、プルーがどうした？」

「プルーは一騎《かずき》の小鳥だよね」

一騎《かずき》はだまって、つぎの言葉《ことば》を待《ま》つ。

「ときどき、プルーの体にぼくのお父さんがもぐりこんでくることがあるんだ」

「おまえの父ちゃんが？」

「一騎《かずき》はおぼえてる？　いっしょにプルーを買いにいった日のことだけど、カラスがだした特別《とくべつ》の声のこと」

「おう、特別《とくべつ》の声か。おぼえてるぞ」

「あのとき一騎《かずき》は、特別《とくべつ》の声のことを宇宙人《うちゅうじん》かもしれないっていってたでしょ。じょうだんってことはわかってたけど。でも、あれは宇宙人《うちゅうじん》じゃなくて、ぼくのお父さんだったんだ」

一騎《かずき》は、ほう、といった顔をする。

「お父さんはカラスだけじゃなくて、プルーにももぐりこんできたんだ。あの日からプルーはしょっちゅう、特別《とくべつ》の声をだしてる。声の正体《しょうたい》はお父さんのときもあるし、プルーそのもののときもあるんだ」

一騎《かずき》のまゆがゆがんだので、裕太《ゆうた》はこれまでのことをあらためてくわしく説《せつ》明《めい》した。

「なんだかすごいな。おい、どうしてもっと早く教えてくれなかったんだよ」

「だって、一騎《かずき》の家で飼《か》ってる小鳥なのに、ぼくのお父さんがもぐりこんでるなんていったら、気を悪《わる》くするんじゃないかと思って」

「なにいってんだ」

「それで、一騎《かずき》にお願《ねが》いがあるんだ」

考えるより先に言葉《ことば》がでていた。

「プルーがみつかったら、こんどはぼくの家で飼《か》わせてよ。お父さんがもぐりこんでくるかもしれないんだ。どうしてもぼくの家の小鳥にしないと。ちゃんとお金ははらうから」

そのしんけんなもののいい方に、一騎《かずき》はたじろぐ。ちょっと考えてから、うなずいた。

「そういうことかよ。だったら、プルーはおれんちより、おまえんちで飼《か》ったほうがいいかもしれないな。おう、わかった」

「ありがとう、一騎《かずき》」

「いいってことよ。プルーがみつかったら、裕太《ゆうた》の小鳥にするって約束《やくそく》しよう。そのときは、おまえにもらった金でプルーの兄弟を買いにいくから、またちゃんとつきあえよ。だけど、どうしちゃったんだ、裕太《ゆうた》。生まれ変《か》わったみたいにしっかり話してるぞ」

裕太《ゆうた》の顔をまじまじとみる。

「まあ、いいか。どっちにしてもきょうはもう、プルーはさがせないし。あしたの朝、学校にいく前にまたさがすとするか」

「そうだね」

あしたは夜が明けたらすぐ、ひとりきりでもプルーをさがしにいこう。裕太《ゆうた》は心にそう決《き》めて、一騎《かずき》に手をふった。

マンションのエントランスホールまで歩いてきたとき、エレベーターのドアがちょうどひらいて、お母さんがおりてきた。

「どこまでいってたの。あまりおそいから、心配《しんぱい》しちゃったわ。プルーはみつかった?」

裕太《ゆうた》は首を横《よこ》にふる。プルーはみつからなかった。それでも帰ってきたのは、プルーをさがすのをあきらめたからではない。あきらめるなんて、とんでもないことだ。

「あした早起《はやお》きして、またさがすんだ」

裕太《ゆうた》がいうと、お母さんは、へーえ、という顔になる。

「みつかるといいけど」

「うん。それで、長瀬《ながせ》のおじさんは?」

「とっくの昔《むかし》に帰ったわよ」

意外《いがい》だった。きょうは日曜日で、お母さんは仕事《しごと》を休んだ。となれば、午後から家にやってきた長瀬《ながせ》のおじさんとは、前回のように家族《かぞく》いっしょに食事《しょくじ》をすることになるかもしれないと、裕太《ゆうた》はずっと思っていたからだ。

「じゃあ、ごはんは？」

「もうできているわ、カレーライスよ」

「やった！」大好物《だいこうぶつ》だ。

「お姉ちゃんも作るの手伝《てつだ》ってくれたの」

長瀬《ながせ》のおじさんがもう家にいなくて、夕ごはんにカレーライスが待《ま》っていると知ったとたん、裕太《ゆうた》はがぜん、おなかがすいてきた。

「うー、おなかぺこぺこ」

いつもより口数の多い裕太《ゆうた》の顔に、お母さんはまぶしげな視線《しせん》を注《そそ》ぐ。エレベーターのドアをひらいて、二人で乗《の》りこむ。

「夕ごはん、長瀬《ながせ》のおじさんといっしょに食べなくてもよかったんだね」

「あら、いっしょに食べたかったの？」

「食べたくなかった」

にべもない返答《へんとう》に、お母さんはふきだす。

裕太《ゆうた》は深呼吸《しんこきゅう》を一つする。

「ぼく、お母さんにどうしてもいっておきたいことがあるんだ」

「あら、すてき」

「長瀬《ながせ》のおじさんと結婚《けっこん》なんかしないで。ぼくには昔《むかし》からお父さんがいないけど、新しいお父さんなんていらない。ぼくの家族《かぞく》はお母さんとお姉ちゃんとぼくと、いまは天国《てんごく》にいるお父さんの四人だけでしょ。ほかの人なんていらないんだ」

お母さんの目がみるまに赤くなった。

「結婚《けっこん》なんて……しないしない」

エレベーターが上昇《じょうしょう》を始《はじ》める。

「お母さん、勝手《かって》に思いこんでいたの。裕太《ゆうた》には新しいお父さんが必要《ひつよう》なのかもしれないって。ごめんね。とんだ大まちがいだった」

裕太《ゆうた》の頭をなでて、つづける。

「毎日、居間《いま》のかべにかけてあるお父さんの写真《しゃしん》に相談《そうだん》していたのよ。お父さんならどう思う？　って。でも、お父さんはいつも同じ顔して笑《わら》っているばかりでしょ。こんなことなら、初《はじ》めから裕太《ゆうた》に相談《そうだん》しておけばよかったな。いいたいことを、こんなにしっかりいえるあなただったら、新しいお父さんなんてぜんぜん必要《ひつよう》じゃなかったもの」

エレベーターのドアのむこうを、各階《かくかい》のホールが一つ、また一つと下降《かこう》していく。

「これまで長瀬《ながせ》さんとは家族《かぞく》いっしょに二回、レストランでごはんを食べたけど、あなたたちの食べているときの顔、あんまりおいしそうにはみえなかったわ」

「そうだった？」

お母さんはうなずいて、つづける。

「いろいろなやんだけど、けっきょくこれでよかったんだと思う。きょう長瀬《ながせ》さんが、わざわざおうちにきてくださったのは、みんなで夕ごはんを食べるためじゃなかったの」

「じゃあ、なにしにきたの？」

「お姉ちゃんにはもう話したんだけど」

いいながら、お母さんは左手をのばす。

いきなり落《お》ちてきたお母さんの手を、裕太《ゆうた》は反射的《はんしゃてき》ににぎり返《かえ》す。とてもあたたかい。

「お母さん今月で、長瀬《ながせ》さんのところで働《はたら》くのをやめるんだ。来月から新しい仕事《しごと》をみつけたの。駅前《えきまえ》にスーパー、あるでしょ」

「千客万来堂《せんきゃくばんらいどう》？」

「うん。あそこで、やっぱりこれまでとだいたい同じ時間帯《じかんたい》だけど、働《はたら》くことにしたの」

エレベーターが六階《かい》につく。

ドアがひらく。

自宅《じたく》までつづく共用《きょうよう》ろうかは、天井《てんじょう》の蛍光灯《けいこうとう》の明かりを浴《あ》びて、戸外《こがい》の闇《やみ》をますますこいものにしている。みあげると、空には白い雲がたなびいて動《うご》き、まるい月の光をおぼろにさえぎっている。

家のなかに入ると、ろうかのむこうからおいしそうなカレーのにおいが流《なが》れてきた。裕太《ゆうた》のおなかの虫が、ぐぐーっと鳴いた。

「おそいよー」

有紀《ゆき》が飛《と》びだしてきて、いう。

お母さんが台所《だいどころ》にいってしまうと、有紀《ゆき》は裕太《ゆうた》の耳に口を寄《よ》せて、ささやいた。

「お母さん、仕事《しごと》を変《か》えるんだって」

「知ってる。いまきいたばかり」

「それってどういうことかわかる?」

有紀《ゆき》は一拍《ぱく》おいて、つづける。

「あのね、あたしたちもう、長瀬《ながせ》のおじさんといっしょにごはん食べなくてもいいの」

顔がしわくちゃになった。

「ごはんよー」

居間《いま》のテーブルで、お母さんがよぶ。

家族《かぞく》三人でテーブルをかこむカレーライスは、格別《かくべつ》の味《あじ》がした。

食後に、みんなでソファにすわった。有紀《ゆき》が紅茶《こうちゃ》を入れてくれた。きょうの
有紀《ゆき》はいつにもまして、てきぱきと家のなかの手伝《てつだ》いをこなしている。

紅茶《こうちゃ》を飲《の》みながらテレビをみているうちに、居間《いま》の時計が午後八時を過《す》ぎた。

お母さんが思いついたかのように、いう。

「きょうは六月十五日か」

「そうだけど?」と有紀《ゆき》。

「お母さんとお父さんの結婚記念日《けっこんきねんび》」

「ええーっ」

「ちょうど十年前のきょうだったわ、お父さんがプルーをにがしちゃったの

は」


「きょうって、きょう？」

裕太《ゆうた》がすっとんきょうな声を上げる。きょうは一騎《かずき》がプルーをにがした日だ。そのきょうは、十年前にお父さんがプルーをにがした日と重《かさ》なるというのだ。

「プルーがお父さんの不注意《ふちゅうい》で部屋《へや》のなかからにげていった日は、二人の結婚《けっこん》記念日《きねんび》だったの。それはきょうだったの」

「すごいぐうぜんだね」

いってから裕太《ゆうた》は、前にもお母さんがそんなことを口にしていたのを思いだした。それにしても、おどろくしかない。いや、おどろくのは裕太《ゆうた》だけではなかった。有紀《ゆき》も目をまるくしている。

「一騎《かずき》にもきかせてやりたいよ。目がボールになるかもね」

「一騎《かずき》くんならサッカーボールか」

有紀《ゆき》がいって、みんなで笑《わら》う。

裕太《ゆうた》は、カーテンのそばのかべにかけてある写真《しゃしん》をながめやる。写真《しゃしん》のなかで、お父さんもうれしそうに笑《わら》っている。

マンションの六階《かい》のベランダに一陣《いちじん》の風がふいた。風の音にまじって、なにかがきこえたのは、そのときだった。

「ちょっと、テレビの音小さくして」

裕太《ゆうた》が気がついて、いった。有紀《ゆき》はリモコンを操作《そうさ》してテレビの音を消《け》した。

カーテンをぴたりととざした居間《いま》のベランダのガラス戸のむこうで、風の音にまじってかすかな声がした。ぴよよ、といったのか。

裕太《ゆうた》はソファから立ち上がると、ベランダにむかって歩いた。こんどは、ぴゆゆ、ときこえた。そのまま歩いていって、カーテンのすきまから顔を半分さし入れる。

ガラス戸のむこうの、ベランダの手すりの上に、小鳥が一羽とまっていた。

セキセイインコだった。

「うそ」といったけれど、ほんとうだ。

セキセイインコはベランダの手すりにとまって、裕太《ゆうた》の家のガラス戸をまっす

ぐみている。早くここをあけてよ、といっているみたいだ。プルーかもしれない。

あっけにとられたまま、裕太《ゆうた》は目の前にあるロックを外した。ガラス戸をゆっくりと引きあける。その動作《どうさ》や音におどろいて、小鳥がにげていかないように、細心《さいしん》の注意《ちゅうい》をはらった。

ガラス戸をあけて、ベランダに足を一歩ふみだしたときだ。セキセイインコは手すりから勢《いきお》いよくジャンプした。いっしゅん、にげられたかと思ったが、ちがった。まっすぐ、裕太《ゆうた》の胸《むね》めがけて飛《と》んできた。無意識《むいしき》にさしだした右手の人差《ひとさ》し指《ゆび》のつけ根《ね》に、ちょっと羽をばたつかせながらとまったのである。

「プルー？」

裕太《ゆうた》がいうと、部屋《へや》の明かりを受《う》けて、雪のように白いまるい顔と、青空をそのましみこませたような体の色をしたセキセイインコは、くるーる、といって鳴いた。

「プルーだ！」

でも、裕太《ゆうた》はプルーの声を理解《りかい》できなかった。くるーる、は〈ただいま〉

だったかな、それとも〈こんばんは〉？　声の意味《いみ》をわすれてしまっている。

プルーじゃないのかな……？

でも、もしかしたら、と裕太《ゆうた》は思う。

「お父さんはどこ？」

小鳥は小さな首をかすかにかしげて、空をみた。

白くたなびく雲が、ゆっくりと移動《いどう》をつづけている。その大きな雲の、ほとんどまんなかのあたりが、まるくかがやいている。夜の天空《てんくう》にともったぼんぼりみたいだ。いや、ぼんぼりというよりも、異世界《いせかい》へつづく巨大《きょだい》なトンネルの入り口のようにもみえる。

お父さんはいってしまったんだ。だからもう、声をきいてもわからないんだ。

そのとき、風の音にまじって、かすかなささやきが落《お》ちてきたような気がした。

元気でな、ぼうず……。

裕太《ゆうた》は目をしばたたかせた。と、雲が動《うご》いて、不意《ふい》に晴れ上がったその切れ目から、黄金色《こがねいろ》の満月《まんげつ》が姿《すがた》をあらわした。

息《いき》を飲《の》むような美《うつく》しさに、裕太《ゆうた》はいっしゅん、自分の右手にとまっている小鳥の存在《そんざい》をわすれるほどだった。しかし、すぐわれに返《かえ》ったそのとき、小鳥がプルーだということに、ぜったいの確信《かくしん》を得《え》ていた。

「お帰り、プルー」

裕太《ゆうた》はそういって、みんなが待《ま》っている居間《いま》にプルーを連《つ》れていった。

「まあ、おどろいた」

お母さんがソファから半分、腰《こし》をうかしていった。有紀《ゆき》は両手《りょうて》を口にあてている。

「プルーが帰ってきたんだ」

いまも自分の右手にとまったままのプルーを空中にかかげて、裕太《ゆうた》がいったときだ。プルーがまた鳴いた。残念《ざんねん》ながら、その声の意味《いみ》が、いまや裕太《ゆうた》にはまったくわからない。

すると、お母さんがにこにこしながらいった。

「外が寒《さむ》かったのでつかれたし、おなかもすいちゃったっていってるのね」

「どうしてわかるの？」

裕太《ゆうた》は、ちょっとあせってきく。

「そうじゃないかって思っただけ」

「いやだ裕太《ゆうた》、そんなことまじめにきいてるの？　人間に小鳥の言葉《ことば》なんてわかるわけないじゃない」

有紀《ゆき》がゆかいそうにまぜっ返《かえ》す。

「それより、プルーが帰ってきたことを一騎《かずき》くんに知らせてあげないと」

お母さんの言葉《ことば》に、裕太《ゆうた》はうなずく。

「うん。でも、ほんとのことというと、プルーはいまからうちの小鳥になるんだ」

「あら、どういうこと？」

「話すと長くなるけど、いい？」

「いいわよ、夜はまだたっぷりあるし。でもその前に、おなかがすいてつかれているプルーを休ませて、なにかあげないとね」

「休ませるっていってもねえ」

有紀《ゆき》がいう。お母さんはにやっと笑《わら》って、ソファから立ち上がった。台所《だいどころ》へいって、大きな戸棚《とだな》のおくのほうをごそごそやっている。

まもなく、手に小さな鳥かごをさげてもどってきた。

「元祖《がんそ》プルーが使《つか》っていたやつ。すてないで、ずっととっておいたんだ」

全体《ぜんたい》が青くて、天井《てんじょう》に近づくにつれてせまくなっていくその鳥かごは、居間《いま》の照明《しょうめい》を浴《あ》びて、たったいま買ってきたばかりの新品《しんぴん》のように光りかがやいている。

お母さんは鳥かごの底《そこ》に新聞紙をしいた。そなえつけのえさ箱《ばこ》にこまかくちぎった食パンを、水入れには水をたっぷりと満《み》たしてさし入れた。

「準備《じゅんび》オーケイよ」

裕太《ゆうた》は心をうき立たせながら、手にとまっているプルーを鳥かごに近づけた。左手でとびらをあけてやると、プルーは自分から、なかに飛《と》びこんでいった。とまり木にとまって、羽を休めている。それから、えさ箱《ばこ》に入ったパンを少しつつき、水入れの水を、のどをふるわせておいしそうに飲《の》んだ。

「ね？」

お母さんが、うれしそうにいう。

裕太《ゆうた》と有紀《ゆき》も、鳥かごの前にしゃがみこんで、プルーをじっくりとながめる。

プルーは少しのあいだ、くちばしを動《うご》かして身《み》づくろいをつづけていた。やがて、三人の人間たちの目が自分に注《そそ》がれているのに気がついたのか、顔を上げた。うっとりするようにきれいな声で、さえずった。

「なんていったのかな？」

裕太《ゆうた》がきくと、有紀《ゆき》が答える。

「ふつつかものですが、どうぞよろしく」

居間《いま》に家族《かぞく》の笑《わら》い声《ごえ》がひびきわたった。

■作者　**たからしげる**

大阪府に生まれる。立教大学社会学部卒業。新聞記者として働きながら作品を書きはじめる。「フカシギ系。」シリーズ（ポプラ社）でデビュー。主な作品に『ミステリアスカレンダー』（岩崎書店）、『盗まれたあした』『ギラの伝説』（ともに小峰書店）、『落ちてきた時間』（パロル舎）、「絶品 らーめん魔神亭」シリーズ（ポプラ社）、「フカシギ・スクール」シリーズ（理論社）などがある。

■画家　**高山ケンタ（たかやま けんた）**

愛媛県に生まれる。日本デザイン専門学校卒業。グラフィックデザイナーとして広告代理店に勤務した後、画家として個展を中心に活動をはじめる。著書に『さよなら少年ブルー』（求龍堂）、挿画の作品に『ココの森のおはなし』『ココの森と夜のおはなし』（ともにパロル舎）がある。

表紙画：「鳥の居る場所」高山ケンタ

装丁　白水あかね

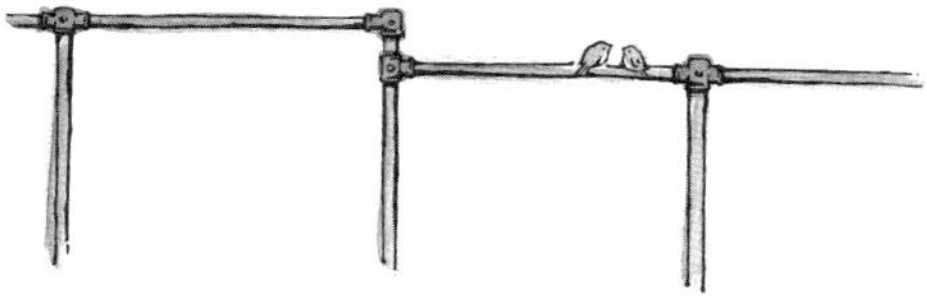

スプラッシュ・ストーリーズ・3
プルーと満月のむこう

2008年2月25日　初版発行

作　者　たからしげる
画　家　高山ケンタ
発行者　岡本雅晴
発行所　株式会社あかね書房
〒101-0065　東京都千代田区西神田 3-2-1
電　話　営業（03）3263-0641　編集（03）3263-0644
印刷所　錦明印刷株式会社
製本所　株式会社難波製本

NDC 913　125ページ　21cm

ISBN978-4-251-04403-7

http://www.akaneshobo.co.jp

スプラッシュ・ストーリーズ

「面白い物語が読みたい！」「じーんと感動するお話に浸《ひた》りたい…」

どちらにもぴったりの読み物シリーズです。

きっと、お気に入りの本に出会えます！

虫めずる姫《ひめ》の冒険《ぼうけん》

芝田勝茂・作／小松良佳・絵

虫が大好きで「虫めずる姫」とよばれる姫《ひめ》は、
なぞの金色の虫を追《お》って冒険《ぼうけん》の旅《たび》へ…。
京《きょう》の都《みやこ》であばれようとするばけもの虫を、とめることができるのか！?
元気な姫《ひめ》が大活躍《かつやく》する、スペクタクル・平安《へいあん》ファンタジー！！

強くてゴメンね

令丈ヒロ子・作／サトウユカ・絵

シバヤスこと柴野是康《しばのこれやす》は、美少女のクラスメート・陣大寺《じんだいじ》あさ子が、
とんでもない怪力《かいりき》の持ち主だと知ってしまう！
「ないしょにしてて」…とたのまれ、シバヤスのへいぼんな日常《にちじょう》は一変。
小学5年生男子の、甘《あま》さやしょっぱさを描《えが》いたラブの物語！

プルーと満月《まんげつ》のむこう

たからしげる・作　高山ケンタ・絵

鳥たちのさえずりの中にまじって、裕太《ゆうた》にだけきこえるふしぎな声。

ところが友だちが飼《か》った小鳥の「プルー」が、その声で話しはじめる。

もしかして、声の正体は…！?

裕太《ゆうた》と「プルー」と出会いを、あたたかく繊細《せんさい》に描《えが》く。